Viktoria Tapp
„Zusammen besiegen wir den Alkohol!"

Viktoria Tapp

„Zusammen besiegen wir den Alkohol!"

Erfahrungsbericht einer Co-Abhängigen

Einbandillustration und Einbandgestaltung:
Designbüro Anke Wolf
Salzkottener Str. 56, 33106 Paderborn
Telefon (0 52 51) 8 79 03 89
Lektorat und Projektmanagement:
Redaktionsbüro Andrea Stangl
Salzkottener Str. 56, 33106 Paderborn
Telefon (0 52 51) 8 78 46 33
Herstellung und Verlag:
Books on Demand GmbH, Norderstedt
ISBN 978-3-8370-0080-1

Vorwort der Lektorin

Als ich die erste E-Mail von Viktoria Tapp erhielt, in der sie mir ihr noch namenloses Buchprojekt vorstellte mit der Bitte um Hilfe bei der Veröffentlichung, war ich skeptisch. Nicht wegen des Themas. Ein Buchprojekt über Co-Abhängigkeit schien mir durchaus interessant, doch das Exposee verriet zu wenig. Meine Zurückhaltung hatte damit zu tun, dass ich nicht einschätzen konnte, welcher Mensch hinter den Zeilen steckte.

Die gemeinsame Arbeit an einem Buchmanuskript von der ersten Niederschrift bis zur druckreifen Fassung ist sehr intensiv, und wenn ich als Lektorin das Beste aus einem Manuskript herausholen will, muss ich mich auch auf die Persönlichkeit des Autors bzw. der Autorin einlassen können. Hier hatte ich, ohne es mir zunächst eingestehen zu wollen, Bedenken. Wie mir die Autorin mitteilte, handelte es sich um einen Erfahrungsbericht über ihre Jahre mit einem alkoholabhängigen Mann. Ein ähnliches Buchprojekt hatte ich schon einmal abgelehnt, weil ich es mit einem Autor zu tun bekommen hatte, dessen negative, verbitterte Lebenseinstellung ich als bedrückend empfand.

Kurz: Ich hatte Vorurteile. Trotzdem forderte ich das Manuskript an. Eine unverbindliche erste Lektüre konnte ja nicht schaden.

Was ich dann zu lesen bekam, gefiel mir nicht nur, sondern machte mich auf die Autorin neugierig. Ich rief sie an, und die fröhliche Stimme, die sich über meinen Anruf freute, brach das Eis. Viktoria Tapp und ich vereinbarten ein persönliches Gespräch in meinem Paderborner Redaktionsbüro. Ob es auch am Wochenende gehe? Dann, sagte sie, könne der neue Mann an ihrer Seite nämlich mitkommen.

Die zierliche, gut aussehende Frau, die ich dann kennen lernen durfte, und ihr Lebensgefährte, ein „trockener" Alkoholiker, den Viktoria Tapp in ihrer Selbsthilfegruppe kennen gelernt hat, begegneten mir als lebensbejahende und starke Menschen, die ihr Leben wieder in der Hand haben. Was sie heute sind, verdanken sie in erster Linie sich selbst. An einem sehr tiefen Punkt in ihrem Leben haben sie beherzt die richtigen Entscheidungen getroffen und sich von Schwierigkeiten und Rückschlägen nicht entmutigen lassen.

Viktoria Tapp IST, was sie schreibt. Von ihren Erfahrungen, den guten wie den schlechten, von ihren Irrtümern und Einsichten, von denen sie mit großer Offenheit erzählt, können andere Menschen profitieren. Viktoria Tapp ist eine von denen, die es „geschafft" haben, sich aus dem Elend der Co-Abhängigkeit zu befreien, dem uneinsichtig weiter trinkenden Partner den Rücken zu kehren und gemeinsam mit den Kindern in ein neues Leben zu starten. Die Autorin zeigt, dass es möglich ist, indem sie ihren eigenen Weg aus der Co-Abhängigkeit schildert, und macht anderen Betroffenen, die noch nicht so weit sind, Mut für die entscheidenden Schritte.

ANDREA STANGL

Meinen Kindern, die aus den Fehlern ihrer Mutter schmerzhaft gelernt haben und Gott sei Dank letztlich nicht zerbrochen sind;

und meinen Freunden – die mich trotzdem noch mögen;

und „meiner" Selbsthilfegruppe, durch die ich viel gelernt habe und ständig besser verstehe. Dass mir je eine Gruppe so viel bedeuten würde, hätte ich nie vermutet. Namentlich nenne ich hier besonders Christa V.

Dank auch an den Caritas-Drogenfachberater Herrn A., der Ideenvater dieses Buches war;

und an meinen Hausarzt Dr. K.W., der dafür gesorgt hat, dass ich die dringend benötigte Kur bekam.

Mein Dank gilt auch der Klinik Bad Bramstedt und Herrn Dr. B., einem meiner Psychologen.

Hier ist die Viktoria, und ich habe nun schon seit Monaten – oder sind es Jahre? – vor, dieses Buch zu schreiben. Ich bin keine ausgebildete Schriftstellerin, aber ich kann behaupten, dass dieses Buch garantiert wenigstens einem das Leben retten wird.

Das Leben retten? Wie dramatisch! Bei mir war es jedenfalls so, dass mir Leute mit entsprechender Erfahrung die Augen geöffnet haben und ich tatsächlich nur knapp dem körperlichen und seelischen Tod entronnen bin. Dieses Buch werde ich deshalb auch dem Team einer psychosomatischen Klinik, vor allem aber meinen Freunden widmen, die unsagbar viel mit MIR ausgehalten haben.

Wo beginne ich? In welcher Phase? Mit dem Ende oder der Gegenwart? Wie lang wird mein Bericht? Keine Ahnung! Jedenfalls werde ich wahrheitsgemäß schreiben – die Scheu davor habe ich verloren.

Kurz zu mir: Ich bin inzwischen 45 Jahre alt und tageslichttauglich. Ich habe zwei Kinder von mittlerweile 19 und 17 Jahren. Tochter und Sohn. Der Mann, den ich tatsächlich sehr geliebt habe und der sich im Laufe von annähernd neun Jahren zum Alkoholiker entwickelt hat, wird von mir nicht erfahren, dass ich dieses Buch schreibe – er hat seinen Verstand wahrscheinlich sowieso gänzlich „versoffen". Genauso wenig hoffe ich, dass sein Sohn dieses Buch je zu Gesicht bekommt. Das verzerrte Vater/Sohn-Verhältnis würde dann mit Sicherheit zerbrechen. Dazu später.

Der Mann, von dem die Rede ist, wird nun 50 Jahre alt und war zunächst nach meiner gescheiterten Ehe mein Halt. Er gehörte seinerzeit zu meinem Freundeskreis und ich war über viele Jahre sehr angetan von ihm. Mir ist nie aufgefallen, dass er auch damals schon regelmäßig getrunken hat. Wenn Gartenhausfeten waren, haben alle getrunken – auch ich. Dass er jedes Mal richtig betrunken war, kann ich nicht sagen. Er ist mir nie durch Aggressivität aufgefallen, durch Besserwisserei, Arroganz – durch keine schlechten Attribute eben. Das war wohl der Grund, dass ich mich in ihn verliebt habe. Liebe macht blind – jetzt weiß ich es nur zu gut.

In den ersten ein bis zwei Jahren, als wir zusammen wohnten, gab es schöne Momente, und ich genoss es, mit ihm gelegentlich einen „draufzumachen". Mir kam es vor wie eine Entspannung, und damals ist mir nicht aufgefallen, dass er schon vorher getrunken hatte.

Seinerzeit hatte er sein zweites Gesicht aber so unter Kontrolle, dass es nie zu Tage kam. Wir sind gemeinsam in den Urlaub gefahren – mit und ohne Kinder – sein Sohn war dann auch dabei. Es schien wie ein glückliches zweites Leben. So sehr hatte ich mir das gewünscht. Einen Mann an der Seite, der zu mir hält, der meine Interessen teilt – nur, hatte ich das? Wahrscheinlich war es nur ein Traumdenken von mir. Unrealistisch – ich wollte auf Biegen und Brechen endlich glücklich sein. Wie die anderen! Mein „Noch-Ehemann" hatte mir das Leben nicht leicht gemacht, und die Verantwortung für unsere gemeinsamen Kinder lag jetzt noch wesentlich mehr bei mir als während der Ehe. Er kümmerte sich nur noch um seine diversen Freundinnen und die immer zahlreicheren Pferde. Keine Verpflichtungen mehr! Dem zu trotzen war mein Anliegen – meine Wunschvorstellung, alles würde gut. Geld war genug da, die häusliche Umgebung ideal – also, was sollte schief gehen? Gelegentlich war es mal ein Bier, ein Glas Sekt am Strand – ich fand es toll. Und habe mir keine Sorgen gemacht – nicht über Alkohol.

Nur, wie gesagt, damals gab es heimliche „Drinks" – oh, wie ich dieses Wort hasse. Genauso wie: Damit das Essen besser rutscht, brauche ich einen Underberg, oder: Ich habe

Durst, darum trinke ich ein Bier. Wie dumm war ich! Es war doch früh morgens! Da ich vorher NIE mit Alkoholkranken Kontakt hatte, habe ich diese Redewendungen für harmlos gehalten.

Mit 39 habe ich meine Freunde kennen gelernt. Einen nach dem anderen. Und wenn ich Freunde sage, weiß ich, was ich sage. Es sind insgesamt vier Frauen – und ich fühle mich unendlich reich durch sie. Sie sind mein Halt. Wir verstehen uns auch ohne viele Erklärungen. Und diese vier waren es, die mich zu dieser Zeit – also vor sechs Jahren – darauf ansprachen, dass das Trinkverhalten meines Partners auffällig sei. Dass man ihm ansehe, dass er sehr viel trinke, und dass er mich nie nüchtern von irgendwelchen Treffen abhole. Mir war das peinlich, und ich versuchte dieses Verhalten zu rechtfertigen (Stress auf der Arbeit, mit seiner gescheiterten Ehe, mit seinem verhaltensauffälligen Sohn). Zunächst waren meine Freundinnen und ihre Männer mit meiner Erklärung zufrieden. Innerlich habe ich den Frauen damals mit Sicherheit Recht gegeben. Aber es ging ja soweit alles gut, und ich dachte tatsächlich, wenn die Schwierigkeiten gelöst seien, werde sich alles zum Guten wenden. Wie naiv war ich damals!

- Suche nach „DER Liebe"
- „Ich mache ALLES für uns"
- „Ich bin STARK und regele alles, auch DAS Problem"
- „FÜR UNS HÖRT ER AUF!!!"

Diese Aufzählung könnte ich noch endlos erweitern; hier mögen wenige Beispiele genügen. Damals wusste ich noch nicht, dass sie die typischen Gedanken eines *Co-Abhängigen* sind. Dieses Wort habe ich vorher gar nicht gekannt – erst in meiner Kur wurde es mir zu einem Begriff. Ich erinnere mich, dass ich zunächst beleidigt war – über diese Bezeichnung. Ich fand die Therapeuten unverschämt – so eine Bezeichnung, und das mir! Ich wusste noch nicht, dass die, die mit Suchtkranken zusammenleben, wie ich es getan habe, letztlich unsichere Menschen mit einem sehr schwachen Selbstwertgefühl sind. Sie ergötzen sich tatsächlich an der Sucht des anderen, weil sie ja die „Macher" sind und ohne ihre Aufopferung nun gar nichts geht, noch nicht einmal ein Bekanntenkreis bestehen würde. Sind sie nicht geniale Personen? Irgendwie absurd, diese Handlungen, die so oft über Jahre oder auch Jahrzehnte gehen. Dieses Kräfte zehrende Verhalten ist die Hölle, und wenn Sie nicht aufpassen, laufen Sie Gefahr, dass auch Sie eines Tages nicht mehr können – genau wie ich. „Burn-out". Nichts geht mehr! Und dann sind Sie, egal welchen Bildungsstand Sie haben, ein Genie, wenn Sie noch wissen, welcher Tag heute ist. Das hört sich vielleicht überspitzt an, verdeutlicht es aber am besten. Glauben Sie mir: Ich gehe nie mehr wegen Burn-Out in die Kur.

Sagenhaft, was ich habe mit mir machen lassen. Ich gebe dem Partner keine Schuld – ich war der unwissende Macher. Dies zu erkennen ist hart – aber tatsächlich mehr als überlebenswichtig. Lassen Sie sich bitte diesen Satz durch den Kopf gehen! Letztlich bin ich selbst der Schuldige. Wollte ich nicht auf Biegen und Brechen das „kleine" Problem lösen? Wurde ich nicht von außen oft genug darauf angesprochen? Wie unwissend war ich! Und meine letzte Maßnahme habe ich wider besseres Wissen erst vor vier Wochen getroffen.

Ein Buch zu schreiben ist nicht einfach, wie ich merke. Ich kann gar nicht so schnell tippen, wie meine Gedanken kommen.

Die „Arroganz", die den Co-Abhängigen betrifft, will ich noch besser erläutern und nicht einfach so als Behauptung stehen lassen.

Es wird am besten wahrscheinlich durch die Selbsthilfegruppe verdeutlicht, zu der ich schon vor mindestens einem Jahr hätte gehen sollen. Alles, was ich ohne „Publikum" machen konnte, habe ich auch getan. Telefonate mit Suchtberatungsstellen, Telefonseelsorge, Gespräche mit meinen Freunden, unzählige Bücher ausgeliehen (heimlich), und einmal war ich bei der Caritas. Dort erhielt ich Broschüren und auch den Hinweis auf die Angehörigengruppe der AA und ähnliche Gruppen; Terminübersichten – wann und wo –, und ich wollte eigentlich dorthin. Aber dann kamen die Gedanken, ob mich jemand erkennen würde, ich dem C.R. Unrecht täte usw. So kam ich zu der fatalen Überzeugung: Ich bin ich und ich schaffe es allein. Wie dumm war ich eigentlich? Wie überheblich und arrogant? Das weiß ich heute, und bis vor vier Wochen war ich immer noch davon überzeugt, dass ICH ihm helfen könne. NUR ICH! Irrtum. Gott sei Dank ist meine Wahrnehmung nicht getrübt – nicht mehr.

Jedenfalls ist es so, dass mein ehemaliger Partner mittlerweile zusehends von Woche zu Woche erbärmlicher aussieht. Richtig schwer krank. (Gelbe Augen, rotes Säufergesicht, abgemagert, keinem Gespräch richtig folgen können usw.) Dies war der Grund für mich, ihm vorzuschlagen, dass wir dringend gemeinsam zum Arzt gehen, weil C.R.– meiner Meinung nach noch höchstens sechs Monate in dieser Form leben könne. Es kamen Versprechungen und „Einsichten" ohne Ende – ich war glücklich, denn ich glaubte ihm. Schnell wurde ich eines Besseren belehrt, denn erneut nahm er den festgelegten Arzttermin nicht wahr. Er rief mich anschließend noch mehrfach stockbetrunken an, und es kamen Beschimpfungen und Beleidigungen ohne Ende. Mein Vorteil ist jedoch, dass ich nun, wo ich schon vier Monate eine eigene Wohnung habe – gemeinsam mit den Kindern –, auflegen kann. Und dann kam irgendwann WUT hoch. So etwas wird auch in den erwähnten Faltblättern beschrieben – nur ahnte ich nicht, dass mich ebenfalls diese Phasen erreichen. Meine Konsequenz war, dass ich ihm anbot, mit ihm zum Arzt zu gehen, aber nur mit dem Endziel ENTZUG. Das belächelt er bis heute, und ich bin froh, dass es mir dabei nicht mehr schlecht geht. Aus den Gesprächen mit der Gruppe habe ich viel gelernt und dort einen tollen Halt gefunden. Ich kann jederzeit ein Gruppenmitglied anrufen – alle Gespräche fallen unter absolute Verschwiegenheit. Die Leute, mit denen ich zu tun habe, wissen, wovon ich rede. Entweder waren sie selbst einmal betroffen oder sie waren sogar abhängig. Sicher gibt es eine Hürde zu überwinden, bevor man sich an eine Selbsthilfegruppe wendet, aber ich kann Ihnen versichern, dass diese Hürde nur im Kopf existiert. Tatsächlich ist so eine Institution wie die AA nicht mit Geld aufzuwiegen. Gehen SIE bitte dort hin! Und falls Sie jemanden Bekannten treffen, hat dieser das gleiche Problem. Außerdem könnten Sie auch auf eine andere Stadt ausweichen. Möglichkeiten zur Hilfe gibt es ohne Ende. Ich selbst gehe jetzt zum Kreuzbund. Es ist aber sicher unerheblich, wohin – nur DASS man geht, ist entscheidend.

Die körperlichen Konsequenzen, die man trägt, wenn man in den Lebensalltag eines Süchtigen involviert ist, sind zunächst unauffällig. Es sei denn, der Partner schlägt Sie. Aber dann ist die „Beißhemmung" vernichtet, ebenso wie jegliche Form von

Liebe. Harte Worte – aber zutreffend. Während meiner sechswöchigen Kur ging diese Erkenntnis sogar so weit, dass ein Süchtiger tatsächlich überhaupt nicht liebt. Nur sich! Ich weiß, dass ich wie erstarrt angesichts dieser Worte war. Wie gern habe ich Liebesschwüre angenommen – als Entschädigung für alle meine Mühe und meine Tränen. Alles sollte nicht wahr sein?! Es zog mir den Teppich unter meinen Füßen weg, und der Aufprall war sehr hart. Durch den räumlichen Abstand hatte ich die beste Gelegenheit, den Wahrheitsgehalt dieser Worte zu testen. Ich wollte es noch immer nicht glauben – MEIN Fall müsse doch sicher anders liegen.

C.R. rief mich täglich an – stets betrunken – und „laberte" nur von sich selbst. Wie viel Arbeit er nun habe, wie schwer alles sei (einkaufen, waschen usw.). Ich hätte es ja so gut und solle mal endlich einsehen, dass er nicht übermäßig trinke. Die Gespräche wurden laut, er wusste am nächsten Tag oft nicht mehr, dass er mich überhaupt angerufen hatte, und mein Anliegen, dass er endlich mit dem Saufen aufhören solle, wurde als „albern" abgetan. Es ging tatsächlich nur um seine Belange, und er war zu dämlich zu erkennen, dass ich nicht aus Spaß in der Kur war. Ich hatte viele Falten bekommen, hatte deutlich sehr viel abgenommen, bis an die Grenze von gefährlichem Untergewicht. Dies alles hat er nicht realisiert und sicher nicht einen Gedanken daran verschwendet, woran dieser rapide Abbau liegen könne. Stattdessen beschimpfte er mich, ich sähe aus wie 60. Es lagen bei mir erhebliche Essstörungen vor – die ich auch heute noch nicht im Griff habe. Immer noch esse ich täglich ca. ein Pfund Süßigkeiten, nur um endlich mal etwas zuzunehmen. Mittlerweile sehe ich wohl entspannter aus, aber der körperliche Zustand ist nicht im Normbereich. Ich war nie übergewichtig – aber solches Essverhalten ist krankhaft!

Mein angegriffener Gesundheitszustand war psychosomatisch bedingt. Ich litt unter diesem Leben mit meinem unablässig keifenden Partner und seinen ständigen Beleidigungen. „Das Essen frisst noch nicht mal der Hund", beispielsweise. Dieses ungebührliche, gemeine, asoziale und primitive Verhalten bricht auf die Dauer – auf Jahre gesehen – aber jedem Co-Abhängigen das Genick. Gesundheitliche Störungen treten nun auch bei ihm auf. Zunächst schleppend, dann mit brachialer Wucht. Wie es bei mir war.

Tatsachen verdrehen – darin war C.R. Meister. Durch seine Wein- und Biersauferei war die Darmflora angegriffen. Die Folge davon: Dauerdurchfall. Abstoßend, wenn so einer sich ständig in die Hose macht und dann noch derart unverschämt wird. Nur wenn Freunde (meine – er selbst hatte und hat keine) zum Essen kamen, sah alles anders aus. Beste Köchin und BlaBlaBla. Die wussten natürlich Bescheid, und umso lauter wurde mein Essen gelobt, ja fast gepriesen. Der „Supermann" realisierte das nicht und kam sich beispielsweise beim „Thanks-Giving-Essen" als galanter Hausherr vor, demonstrierte, wie viel Arbeit das doch alles mache, war dann aber zu besoffen, um einen Mixer zu bedienen. Jämmerlich! Der gesamte Inhalt floss auf den Küchenboden, alles klebte, und ich war traurig. „The show must go on" – so habe ich jahrelang gelebt.

Wie froh waren alle, wenn er „abgefüllt" ins Bett fiel – ach, sooo überarbeitet. Erst dann wurde es gemütlich und ich habe dann bis spät in die Nacht alles wieder hergerichtet. Es war ein schönes Fest, und doch hatte ich schon Befürchtungen vor dem nächsten Tag. Vor diesem Geschrei, vor den Wutanfällen. Schon jetzt sehnte ich mich danach, dass es 15 Uhr wurde, wo er garantiert besoffen auf der Couch liegen würde und ich endlich meine Ruhe hätte. Mit Absicht war ich dann super leise und war froh, wenn ich selbst ins Bett gehen konnte; er erwachte meist nicht vor 22 Uhr.

Wie lange hat es eigentlich gedauert, bis ich mich getraut habe, ihn auf das Trinken anzusprechen? Ganz zaghaft habe ich im letzten Sommer damit begonnen. Vorsichtig – nur nicht beleidigen. Immer in der Hoffung, dass er ein Einsehen haben würde. Ich gab irgendwann zu, dass ich bei einer Beratungsstelle war. Etwas später habe ich die Faltbroschüren offen im Schlafzimmer ausgelegt. Ich kann nicht behaupten, er hätte sie sich einmal intensiv angesehen. „Alles alberner Quatsch", war seine Reaktion. Doch für mich waren diese Heftchen zur täglichen Nachtlektüre geworden, und ich kannte sie fast auswendig. Erst vor kurzer Zeit habe ich diese Hefte weggeworfen, weil ich nun Hilfe und Rat in der Gruppe erhalte.

Mein Fokus war ständig auf ihn gerichtet. Wie kann ich ihn erreichen? Dabei habe ich mich zusehends im Kreis gedreht und habe es nicht bemerkt. Er hatte ja seine „Lullen" und war stolz darauf, dass er ja keinen Schnaps trinke – demnach könne es ja nicht so schlimm sein. Immerhin hätte ich ja auch schon mal Bier getrunken.

Das stimmte. Nur: Als ich merkte, dass es zur Gewohnheit werden könnte, weil es zum abendlichen Geschehen schon automatisch dazugehörte, habe ich sofort damit aufgehört. Das ist Jahre her – zum Glück. Wer weiß, was sonst noch passiert wäre. Damals habe ich allerdings nicht an Konsequenzen gedacht. Wenn ein Suchtpotenzial vorliegt, beschert einem der Alkohol die Hölle auf Erden, vor allem, wenn man aus Unwissenheit nicht in der Lage ist, Abhilfe zu schaffen. Dies gilt allerdings in erster Linie für den Co-Abhängigen.

Ich kann nicht oft genug darauf hinweisen, dass Selbsthilfegruppen hier sehr hilfreich sind. Die Unterstützung, die sie bieten, hat nebenbei den Vorteil, dass man seine Freunde,

Familie und Bekannten nicht mit dieser Situation überfordert. Sie können nicht helfen – nur zuhören oder als Fluchtpunkt dienen, wie es bei mir sehr oft der Fall war. Zum Glück ist keiner meiner Freunde „abgesprungen". Es hätte allerdings passieren können und wäre auch fast passiert.

Auf den nächsten Seiten werde ich die Karriere von C.R. schildern und auch die Suchtproblematik seines Sohnes, den ich mittlerweile für sein „Clean-Sein" bewundere. Ich werde auch über mein neues Leben berichten. Über die Schwierigkeiten, sich wieder zu orientieren, das langsame Aufbauen von Vertrauen, den Abbau von Angst und Albträumen und die zunehmende Achtung der eigenen Person. Ich glaube, dies ist derzeit mein größtes Problem, weil ich früher nie dachte, ich könnte so tief fallen. Solche „Geschichten" kannte ich nur aus den Medien – und jetzt?

Flucht nach vorn! Zu meinen Fehlern stehen! Die eigenen Unzulänglichkeiten eingestehn! Dies wird meine Wiedergutmachung sein an meine Kinder, an meine Umwelt und nicht zuletzt an mich. Meine Co-Abhängigkeit hat sehr vieles kaputt gemacht. Manches kann ich reparieren, doch „Flickstellen" werden zwangsläufig hier und da bleiben. Ich bin menschlich, und Menschen machen Fehler. Wenn ich mir meine Fehler verzeihe, verzeihen sie mir die anderen eines Tages auch.

„Radikale Akzeptanz der äußeren Rahmenbedingungen" – ein Leitsatz aus der Kur, der sehr hilfreich ist, wenn man ihn versteht – verstehen will.

Gestern, 19. Juni 2005, habe ich also angefangen, dieses Buch zu schreiben. Es ist aufwühlender, als ich gedacht habe. Ich hatte nur noch die Kraft, einige Stichpunkte, die unbedingt gesagt werden müssen, aufzuschreiben.

Heute ist der dritte Tag, an dem sich C.R. telefonisch nicht gemeldet hat. Ich musste sehr oft darum bitten. Er hatte das über Monate ignoriert, und mir wurde von Mal zu Mal deutlicher, dass seine eigentliche Liebe der Alkohol ist. Die Frage, die mir von der Selbsthilfegruppe gestellt worden ist, klang wie ein Echo in meinem Kopf: „Was hat er eigentlich für DICH getan?" Tatsächlich wusste ich keine Antwort – bis heute nicht.

Wenn ich an die letzten sieben Jahre denke – die beiden ersten waren ja soweit o.k. –, erinnere ich mich ausschließlich an seelische Kraftakte, die ich leisten musste, und an unzählige Peinlichkeiten. Wie oft bin ich mit dieser Sauferei konfrontiert worden? Wenn es nur im Freundeskreis gewesen wäre, hätte es mich wahrscheinlich nicht so belastet. Aber er benahm sich auch in der Öffentlichkeit daneben. Zwar ging er regelmäßig zur Arbeit – wie viele so genannte Spiegeltrinker, die unter der Voraussetzung eines bestimmten Alkoholkonsums nach außen hin unauffällig bleiben –, aber die Situationen, in denen er unbeherrscht, großmäulig und anmaßend reagierte, beschränkten sich nicht auf die eigenen vier Wände. Zum Beispiel während der Beratungsgespräche mit dem Jugendamt, von dem wir damals wegen der Drogenprobleme seines Sohnes Unterstützung erhielten.

Sein Sohn hatte jedenfalls einen Therapieplatz in einem anderen Bundesland erhalten. Es bedarf keiner besonderen Erklärung, dass man dort ausschließlich Suchttherapeuten vorfindet – ausgebildet, teilweise Studierte. C.R. ließ sich nicht zügeln, folgende Bemerkung fallen zu lassen. „Es ist ja schön und gut hier – aber Ahnung von Psyche und Suchtverhalten hat hier ja wohl niemand." Als wäre ER der Therapeut und sollte am besten den Job übernehmen. Solche Deklassierungen wurden zusehends heftiger und endeten natürlich im Laufe der Zeit in Beleidigungen. Ich konnte es nicht fassen.

Auch wer keine Erfahrungen mit solchen Institutionen hat, kann sich sicher vorstellen, dass man dort besonders auf Alkoholfahnen reagiert. Man sprach C.R. darauf an, worauf er mit den erwähnten Beleidigungen reagierte. Ich hingegen wurde zum ersten Mal hellhörig. Jahrelang hatte ich mir etwas vorgemacht – aus Unwissenheit, Leichtgläubigkeit und sicher auch, weil ich mir meine „heile Welt" bewahren wollte. Einmal nahm ich zum Beispiel im Auto einen unangenehmen Geruch wahr. „Komisch, irgendwie riecht es hier nach Bier", sagte ich zu C.R. Dass es nicht am Auto lag, sondern an C.R., der eine Fahne hatte, kam mir nicht in den Sinn. Seine Reaktion: „Pö, natürlich habe ich ein Bier getrunken. Aber das kann man doch nicht riechen." Es ist mir dazu nichts mehr eingefallen. Wir waren auf dem Weg zum Arzt. C.R. hatte Zahnschmerzen.

Nun wurde C.R. von den Therapeuten mehrfach auf seine Alkoholfahne angesprochen und schließlich aus wichtigen Gesprächen ausgeschlossen – eben wegen Alkohol. Resultat war: Die Therapeuten riefen mich an statt ihn, um Wichtiges zu besprechen. Sie waren sich sicher, dass ich die Zusammenhänge schnell begreife, und ich hatte dann die undankbare Aufgabe, die Gesprächsinhalte C.R. am Abend mitzuteilen. Ich erledigte das meist sofort, wenn er von der Arbeit kam, weil seine Aufnahmefähigkeit dann am besten war. In dringenden Fällen bin ich allerdings zu seiner Arbeitsstätte gefahren. Es kam aber trotzdem vor, dass er – wie ich heute weiß, aufgrund seines übermäßigen Alhoholkonsums – wesentliche Gesprächsteile schon wieder vergessen hatte. Immer wieder fing ich an zu erklären – so vergingen unzählige Abende, und das über Jahre hinweg.

Damals war ich der Überzeugung, dass dies meine Berufung sei oder, noch schlimmer: Schicksal. Außerdem war ich sowieso unendlich stark und ohne mich packte er es ja nicht. SCHWACHSINN! Mittlerweile weiß ich, dass meine Hilfsbereitschaft absolut hinderlich war. Erstens für mein Leben, zweitens für das meiner Kinder, und letztlich hätte er vielleicht sein persönliches „Ruder" schon vor Jahren herumgerissen. Die letzte Bemerkung ist eine Hypothese – aber wer weiß?

Durch meine Dummheit habe ich ihn lediglich geschont, sonst wäre er schon vor Jahren aus dem Geschehen der Drogentherapie ausgeschieden, und die dortigen Therapeuten hätten möglicherweise keinerlei Informationen mehr an die väterliche Seite gegeben. Dies wäre mir mit Sicherheit besser bekommen – tausendmal besser als unzählige versaute Abende, die ich anders hätte nutzen können. Aber nein! Ich war ja so arrogant zu glauben, dass ich es schon richten würde. Erinnert Sie das an Ihr eigenes Verhalten? Soll es!

Für all diesen Einsatz, der außerdem noch mit kostspieligen, zeitaufwendigen Fahrten in das andere Bundesland und der Bewältigung mir fremder Situationen einherging, kam von ihm immer dasselbe: „Ohne dich hätte ich es nie geschafft!" Mann, war ich stolz. Ich wurde richtig gefordert und gebraucht. War ich genial!

Heute sehe ich das komplett anders. Ich konnte mich nicht anders identifizieren. Ich saß in der Mühle fest, und scheinbar gab es keinen Weg hinaus. Bis zu meinem eigenen Zusammenbruch, der sich sehr langsam angekündigt hat. Für mich war er fast nicht spürbar, aber meinen Kindern, meinen Freunden und letztlich Teilen meiner Familie ist er deutlich aufgefallen. Mensch! Das alles habe ich letztlich durch einen Säufer erhalten – ein normaler Mensch fasst sich da an den Kopf!

Ich behaupte mittlerweile, dass der Sohn nur deshalb zum Schwererziehbaren und Drogenabhängigen wurde, weil das sicher vorliegende Suchtpotential durch die Verhaltensmuster des Vaters zum Durchbruch gekommen ist. Mit dieser Meinung stehe ich nicht allein – die Mutter des Sohnes spricht genauso.

C.R. hatte sein zweites Gesicht Jahre unter Kontrolle. Als die ersten „Ausrutscher" kamen, habe ich sie noch mit der Drogensucht des Sohnes begründet. Hatte nicht jeder mal schlechte Laune? Seine Wortwahl allerdings ernüchterte mich immer mehr.

„Du dumme Sau, du!" – „Du bist ein Arschloch." – „Faule Sau, dein Fressen kannst du alleine fressen." Türenknallen, Dinge durch die Gegend werfen, „Hau ab, ich will dich nicht mehr ertragen müssen", „Mit dummen Menschen kann ich nicht umgehen", „Pack deine Sachen und raus, du dummes Arschloch". Ich sollte erwähnen, dass es sich um MEINE Wohnung handelte, in die ER eingezogen war. Aber das ist jetzt nebensächlich. Die Worte und das Geschrei haben mir so viel Angst gemacht, dass ich oft zitternd auf dem Boden saß und mir völlig hilflos vorkam.

Jedes Mal wurden die Abstände kürzer und die Wortwahl heftiger, und jedes Mal blieb eine seelische Verletzung, die nicht heilte.

Dann reichte es nicht mehr, dass er mich demütigte, nein, es ging so weit, dass er meine Kinder – erst, als sie nicht da waren, später auch in ihrem Beisein – beleidigte. „Die sind ja zu dumm, sich den Arsch abzuwischen, faules Pack, Nichtsnutze" usw. Der Einzige, aus dem was wurde, war, wie er meinte, sein Sohn.

Die Situation wurde immer unerträglicher, und in Gedanken bin ich unzählige Male ausgezogen. Ich konnte damals nicht ahnen, dass ich so viel Hilfe bekommen würde. Dass sich so viele über diesen Entschluss derart freuen würden, dass sie mich in jeder Hinsicht – auch finanziell – unterstützen würden. Doch dazu später mehr.

Ich war am Ende – aber ich habe es nicht gemerkt und war umso dankbarer, wenn C.R. einige Tage friedlich war. Hatte ich es doch geschafft?, dachte ich dann jedes Mal. War der Kampf nun zu Ende? Sah er ein, dass der Alkohol alles kaputt machte? Innerlicher Jubel – bis zum Erwachen. Wenn er mal weniger getrunken hatte, holte er es nach. Doppelt und drei-fach. Es ging also weiter, und mir ging es immer schlechter. Ich konnte mich nicht mehr so zerreißen, die Kraft ging zuse-hends aus. Ich war froh, wenn er zur Arbeit ging und ich dann endlich Ruhe hatte. Ruhe bis zum Abend und sehr große Angst davor, was dann passierte. Hat er wieder Wutanfälle? Fängt er an mich zu schlagen, wie viele andere es tun? Un-zählige Gedanken haben mich ständig begleitet, und mittler-weile hatte ich das Verhalten eines verschreckten Rehs. Das sage ICH, eine Frau, die einst erfolgreich einen verantwor-tungsvollen Beruf ausgeübt hat. Wie tief war ich gefallen?

So ging es oft weiter: Er kam von der Arbeit, gegen 17 Uhr. Drei Flaschen Bier, bis er sich geduscht und umgezogen hat-te. Nun war es 18 Uhr – Zeit zum Essen. Wieder einige Fla-schen, die er in meinem Beisein trank. Ob und wie viele er möglicherweise z.B. im Gartenhaus getrunken hat, kann ich nicht sagen. Kontrollieren wollte ich nicht. Mir hat es ohnehin schon gereicht. So sehr, dass ich mit Sicherheit ein Jahr vor meinem Auszug nicht mehr mit ihm zusammen gegessen habe. Ich konnte diese Essgeräusche nicht ertragen. Ich kam mir oft so vor, als säße ich mit einem grunzenden Monster am Tisch. Oft war er nicht einmal mehr in der Lage, das Essbe-steck festzuhalten, sodass es zu Boden klirrte. Dazu die glasigen Augen. Gesabbert hat er nicht, aber das hätte auch nichts mehr ausgemacht, denn einen Betrunkenen am Tisch sitzen zu haben ist ohnehin schon fast eine Folter.

Ich rede übrigens nicht davon, dass jemand mal angeheitert ist oder – als seltene Ausnahme – auch schon mal betrunken, wie es auf feuchtfröhlichen Festen vorkommt. Ich rede eindeutig von dem kontinuierlichen Zustand. Dem Tagtäglichen!

Stets war ich darauf vorbereitet, dass am Wochenende oder wenn er Urlaub hatte alles nur noch schlimmer würde. Wie habe ich diese Tage und Wochen gehasst! Dann war er nämlich pausenlos unter Alkohol und regelmäßig sturzbetrunken. Sein Tagesablauf war wie folgt:

6 Uhr morgens aufstehen, Toilette, dann ab in die Küche, auf den Balkon oder in den Garten und mindestens zwei Flaschen Bier trinken. Gelegentlich gab es dazu auch noch eine Flasche Wein, die er aber immer seltener getrunken hat, weil ihm Wein nicht mehr bekam. Nach unzähligen Zigaretten, und es war mittlerweile 9 Uhr morgens, ging er dann ziemlich lärmend ins Bett und stand nicht vor 12 Uhr wieder auf. Fast immer hatte er dann ausgesprochen schlechte Laune, zog sich an und verrichtete irgendeine Arbeit, möglichst draußen. Dazu gehörte z.B. Rasenmähen. Nur, so schnell wächst kein Rasen der Welt, wächst kein überhängender Ast, und keine Gartenfläche muss stundenlang gegossen werden. Was dahintersteckte, wird Ihnen sicher deutlich. Mir jetzt auch!

Danach gab es nicht mehr viel. Entweder lag er betrunken im Gartenstuhl oder auf der Couch. Gegen 18 Uhr wollte er sein Abendessen, schlief danach eine Weile, die nächsten Bierflaschen standen auf dem „Programm“, und ich saß oft angespannt da und wartete auf seine nächsten „Ausfälle“. Immer wieder suchte ich nach DER Lösung.

Eines Tages jedoch sagte mir jemand von der Telefon-seelsorge: „Wenn jemand nur ein Glas trinkt, baut er eine Mauer um sich. Sie können ihn nicht mehr erreichen!" Ferner sagte mir die Frau, es sei schlicht eine Unverschämtheit mir gegenüber. Diese Sätze haben mir auch geholfen. Wie un-zählige andere.

Es ist sicher müßig, jeden einzelnen Vorfall zu schildern. Vorfälle dieser Art kennen Sie mit Sicherheit selbst – nur se-hen die Gesichter anders aus. Trotzdem möchte ich drei kurz hintereinander aufgetretene Ereignisse schildern. Vielleicht gab es vergleichbare schon vor Jahren – aber da war ich noch lange nicht so ausgelaugt wie gegen Ende der Beziehung, für die ich so gekämpft habe. Jahrelang.

Wie gesagt, diese „Ereignisse" haben immer an einem Samstag stattgefunden – etwa drei Wochen vor meiner Kur:

Einmal war ich der Meinung, dass C.R. sich, weil Besuch da war, mit seinem Alhoholkonsum tatsächlich „beherrscht" hatte. Als die Gäste gingen, hatte er plötzlich extreme Gleich-gewichtsstörungen. So hatte ich ihn vorher noch nie erlebt und war der Meinung, er habe einen Schlaganfall oder etwas in der Art. Ich habe mir große Sorgen gemacht und ihn mit all meiner Kraft ins Bett gebracht und ihn beobachtet. Ständig hatte ich das Telefon, um den Notdienst anzurufen, griffbereit. Er reagierte jedoch auf meine Worte, und so unterließ ich den Anruf – glücklicherweise.

Glücklicherweise? Ich weiß die Antwort bis heute nicht. Jedenfalls vermute ich, dass er selbst dann auf einen Entzug „dankend" verzichtet hätte.

Am nächsten Tag habe ich dann die versteckte leere Ein-liter-Weinflasche gefunden. Nun wunderte mich nichts mehr. Ich habe ihn auch nicht darauf angesprochen – weil garantiert eine sinnlose Antwort gekommen wäre.

Am nächsten Wochenende hatte er wieder zu viel getrunken und stolperte so heftig, dass er fast in eine Glasvitrine gefallen wäre, den Sturz aber noch abwenden konnte und stattdessen einen Telefonkasten abriss. Mir polterte das Herz und die Hände zitterten, aber auch hier habe ich nichts dazu gesagt. Es wäre ebenfalls sinnlos gewesen und hätte mich zu viel Kraft gekostet – von der ich ja nicht mehr viel hatte.

Das nächste Wochenende geschah Folgendes: C.R. und ich waren eingeladen und er trank natürlich munter wer weiß wie viel. Davon abhalten konnte ihn niemand. Es hatte ja auch keinen Sinn, jeder wusste es aus eigener Erfahrung. Als er nicht mehr konnte, wankte er zu mir ins Auto und wir fuhren nach Hause. Unterwegs grunzte er tatsächlich wie ein Schwein. Ekelig! Ich hatte Mühe, ihn die Treppen hochzubekommen, und er stolperte anschließend ins Badezimmer. Dann fiel er rückwärts in die Badewanne. Irgendwie habe ich ihn wieder herausbekommen, wohl wissend, dass das Auto noch unabgeschlossen und die Haustür noch offen war. Ich selbst hatte einen wertvollen Anzug an und war todmüde. Und nun das noch.

Ich hatte Angst, dass er sich den Kopf aufschlagen würde, darum habe ich ihm geholfen. Nicht aus Mitleid, sondern aus Angst. Angst davor, dass er gewalttätig würde, sobald er wieder einigermaßen nüchtern wäre.

Sicher haben diese Beispiele verdeutlicht, wie sehr ich unter Anspannung stand – nur gemerkt habe ich es nicht so sehr wie die anderen. C.R. hingegen hielt sich für den besten, klügsten und selbstverständlich unwiderstehlichsten Mann der Welt, während ich mittlerweile tatsächlich zu einer grauen Maus geworden war. Mein Interesse am Weltgeschehen, an Kinobesuchen oder gar an Mode war verblasst. Meine eigene, miese Welt hatte mich komplett in Anspruch genommen, und zuletzt war ich nur noch ein funktionierendes Etwas. Ein Etwas, dessen Fassade zunehmend bröckelte.

Wie gesagt, das waren die letzten Wochen vor meiner Kur. Ich kann nicht sagen, dass mich all das wirklich erschüttert hätte. Wahrscheinlich war ich schon zu abgestumpft, denn es hatte so viele Situationen gegeben, die wahrscheinlich noch wesentlich schlimmer waren. Darauf werde ich noch zurückkommen. Vielleicht befinden auch Sie sich in einer Situation, in der Sie der Meinung sind, abgehärtet zu sein, aber Sie sind es nicht wirklich. Sie glauben es nur. Sie bemerken nicht, wie sehr Sie leiden. Das sage ich aus Erfahrung. „Nie mehr wegen Burn-Out in eine Kur": Das habe ich versprochen, nicht nur meinen Kindern – auch mir selbst.

Der Alkoholkranke findet alles total normal, und gelegentlich hat er einen „Geistesblitz", dass er doch vielleicht etwas weniger trinken sollte. Aber sonst ist alles o.k. Klar, ihm geht es doch gut. Außerdem gibt es noch Aspirin. Es handelt sich hier um Leute, die süchtig sind, deshalb nicht automatisch ein zweites Gesicht haben, aber unter Alkohol kommen eben schlechte Charaktereigenschaften raus, die man sonst so herrlich verheimlichen oder kontrollieren kann. Alkoholkranke sind keine schlechten Menschen, sie sind krank und brauchen dringend professionelle Hilfe – professionelle, nicht Ihre. Sollte auch Ihr Partner das nicht einsehen und weiter auf Ihre Kosten leben wollen, bleibt nur, dass Sie ausziehen. Sie müssen sich selbst retten – besonders wenn Sie Kinder haben. Hat auch Ihr Partner dieses zweite Gesicht, werden Sie auf kurz oder lang zusammenbrechen. Dies ist unausweichlich! SIE benötigen Hilfe. Gehen SIE zur Beratungsstelle. Ziehen Sie rechtzeitig die Notbremse! Sie werden feststellen, ich habe Recht. Sie denken wahrscheinlich, dass ich leicht reden kann.

So habe ich früher auch gedacht. „Bei mir ist alles anders. Kein Vergleich!" Wiederholen Sie bitte nicht meinen Fehler. Erkennen Sie Ihre arrogante Haltung!

In meinen Schilderungen habe ich immer noch nicht erwähnt, dass ich selbst an einer ernsthaften, nicht heilbaren körperlichen Erkrankung leide. Damit stelle ich mich nicht auf den Marktplatz, aber C.R. hatte es gewusst. Bestialisches Verhalten von ihm. Dummheit von mir ohne Grenzen. Aber seit vier Monaten gibt es eine Grenze und seit vier Wochen einen endgültigen Schlussstrich.

Trotzdem habe ich immer noch Flash-Backs – fast täglich. So merke ich, wie sehr ich unter Angst gelebt habe. Alltägliche Situationen, wie wenn ich beispielsweise nur ein Stück Alufolie abrolle, erinnern mich an die fürchterliche Zeit mit einem Mann, der ständig alkoholbedingte Wutanfälle bekam. Solche Erinnerungen sind erschreckend, und dann bin ich besonders froh, dass ich allein bin. Dass meine Kinder frei leben können. Das Unterbewusstsein verarbeitet Angstzustände in Albträumen. Wussten Sie das? Im letzten Jahr habe ich fast täglich im Schlaf geschrien. Der Traum war wie folgt: Durch ein offen stehendes Fenster kamen Männerhände in schwarzen Handschuhen auf mich zu und versuchten, mich zu erwürgen. Kurz davor bin ich stets schreiend aufgewacht und war völlig verschwitzt. Diese Träume hatte ich auch noch in der Kur, zum Leidwesen meiner Mitpatienten. Erst seit ich ausgezogen bin, haben die Albträume nachgelassen. Sie sollten mir wohl verdeutlichen, dass ich fast am Ende war. Und C.R. lag besoffen im Bett – falls er es gehört hatte, bekam ich noch Vorwürfe, er könne nicht durchschlafen. Können Sie sich vorstellen, wie ich mich heute fühle? Jedenfalls nicht als „Macher". Im Gegenteil, ich schäme mich, dass ich so dumm war UND alle anderen damit belastet und überfordert habe. Vor allem meine Kinder. Sie sind durch mein Fehlverhalten über alle Maßen geprägt, und wir sind nun dabei, Schritt für Schritt, die Traumatisierungen zu verarbeiten. Dabei ist mir die Angehörigengruppe, in die ich gehe, eine große Hilfe. Zum Glück ist erkannt worden, dass Kinder, die mit alkoholkranken Personen zu tun haben oder hatten, ebenfalls der „Nachsorge" bedürfen. Spätfolgen werden dadurch vermindert.

Wahrscheinlich sind Sie auch schon so oft gefragt worden, warum Sie nicht einfach ausziehen und weggehen, statt sich das ständige Trinken gefallen zu lassen. Sie werden vermutlich genau wie ich damals keine verständliche Antwort geben können. Sie können es sich in Wahrheit selbst nicht beantworten, weil Sie ständig auf der Suche nach der Problemlösung sind. Sie werden allerdings – genau wie unzählige andere – keine Lösung finden. Die Lösung liegt ausschließlich im Verhalten des Süchtigen, Ihres Partners. Solange ER nicht einsieht, dass er professioneller Hilfe bedarf, so lange kämpfen Sie einen unnützen und kräftezehrenden Kampf!

Alle leiden – nur der Süchtige nicht! Es gibt leider auch keine „Zwangseinweisung", da der Alkoholkranke ausschließlich durch eigenen Willen vom Alkohol lassen muss. Erst dann besteht die reelle Chance auf bleibende „Trockenheit". Aber a) sind Suchtkranke oft zu feige zum Entzug und b) sehen sie die Problematik nicht, weil ihre Wahrnehmung verzerrt ist. Ein Teufelskreis!

Selbst meine Drohung auszuziehen, die Möglichkeit, dass ich einen neuen Partner finde, Äußerungen in die Richtung, dass ich mein Leben unbeeinflusst gestalte, allein in Urlaub fahren könnte usw., all das hat nichts genützt. Auch nicht das Wissen, dass sein schon über alle Maßen gebeutelter Sohn den Halt eines nüchternen, nicht betrunkenen Vaters benötige, hat irgendetwas geändert. Von seiner Vaterliebe, die er allen Leuten weismachen will, ist rein gar nichts vorhanden. Im Gegenteil, er ist extrem eigennützig, und diese Eigennützigkeit macht auch vor seinem Sohn nicht Halt.

Ich muss zugestehen, dass er einmal mit mir – unmittelbar nach der Kur – zur Suchtberatungsstelle der Caritas gegangen ist. Zuvor hatte ich schon seit dem Sommer mit dem entsprechenden Herrn Termine abgestimmt und wieder abgesagt. Dies ging bis an die Grenze der Hemmschwelle, überhaupt noch dort anzurufen. Aber ich hatte Glück. Ein solches Verhalten ist den Fachleuten dort hinlänglich bekannt. Jedenfalls waren wir einmal dort, und C.R. versprach auch zu den acht Kennenlerntreffen zu gehen. Tatsächlich war er nur zweimal dort. Zum Glück durfte ich aus Datenschutzgründen nicht mit. C.R. stellte die gesamte Gruppe als Schwerstalkoholiker dar, und die Therapeuten waren natürlich – ich hätte es auch nicht anders erwartet – absolut dumm und untauglich. Kannte ich solche Bemerkungen nicht schon?

Als ich endlich ausgezogen war, kam ein erneuter Versuch von mir. Kaum zu glauben: C.R. ging einmal mit in die Selbsthilfegruppe. Dort erwarteten mich immer sehr nette Abende, viel Lachen, offene Gespräche – einfach ein sympathisches Klima.

C.R. wurde auch gefragt, natürlich unter dem vereinbarten Siegel der Verschwiegenheit, welcher Trinkertyp er sei. C.R. bestand darauf, in keine der Kategorien eingeordnet zu werden, weil er doch lediglich „Genusstrinker" sei. Die Feststellung eines Gruppenmitgliedes, dass wegen drei, vier Glas Bier keine Frau ihren Mann verlasse, brachte glücklicherweise sein zweites Gesicht zum Vorschein: Er wurde sehr arrogant und beleidigend den anderen Gruppenmitgliedern gegenüber. Die

Folge war, dass ihm geraten wurde, er solle sich doch einen Kaninchen-Verein suchen, denn er sei ja nicht kooperativ. So ging er wütend, und ich hatte sogar Angst, dass die Situation noch eskalieren könnte. Zum Glück ist nichts passiert. Es wurde ihm jedoch noch gesagt, dass er unter diesen Umständen nicht mehr willkommen sei. Mir war die Situation sehr peinlich, doch mir wurde verdeutlicht, dass es mir nicht peinlich sein solle, da ich letztlich ja für mich gekommen sei, nicht für C.R. Wie wahr!

Wie wahr ist es auch, dass ich in den letzten Jahren immer öfter den Wunsch nach einem Partner hatte, der nicht schreit, der kein Alkoholproblem hat und der fähig ist, sich in der Gesellschaft zu benehmen. Feste Vorstellungen wie Gewicht, Größe, Alter, Haarfarbe usw. hatte ich keine. All das ist mir heute noch egal. Hauptsache: sympathisch und keine schlechten Attribute.

Einen zögerlichen Versuch, einen solchen Mann kennen zu lernen, habe ich unternommen. Er war durch meine Offenheit teilweise wohl irritiert. Als er mir das sagte, erinnerte ich mich eigentümlicherweise an einen Flug, bei dem der Kapitän auf Turbulenzen hinwies. Die anderen Passagiere saßen etwas verängstigt da und ich dachte: „Schlimmer als das, was ich fast täglich erlebe, kann es nicht sein." Dieser Gedanke war in dieser Situation irgendwie beruhigend. Aber wenn ich heute daran denke, fasse ich mir an den Kopf. Wie weit war ich schon gefallen? Und wie unendlich dankbar für eine nette Geste? Wenn mich jemand beim Einkaufen anlächelte, mir die Tür aufhielt, mich einfach freundlich behandelte. Warum konnte ich das nicht zu Hause haben?

Zum Glück habe ich mein Urvertrauen nicht verloren. Dafür aber viel Kraft und viel Geld. Nicht zu vergessen die vielen Jahre, die ich nicht mehr zurückbekommen kann. Ich habe aber auch wieder Mut gefasst und mein Leben zu schätzen gelernt. Ich kann mir in aller Ruhe einen Film ansehen – ohne dass ich gestört werde durch Trunkenheit und dummes Gelaber. Tatsächlich kam es nie vor – es sei denn, er hat geschlafen –, dass ich so etwas konnte. Sehr schade, aber auch sehr lehrreich.

Um noch einmal auf diesen Flug zurückzukommen, muss ich heute feststellen, dass ich in gewisser Weise keinen Lebensmut mehr hatte. Bewusst ist mir das allerdings erst in den letzten Monaten geworden – in der Zeit, als ich langsam wieder zu Verstand kam.

Sicher, wie waren insgesamt zweimal ein bis zwei Wochen in Spanien, aber ich kann nicht sagen, dass es dort irgendwie anders verlaufen ist. Nur die Umgebung war anders und ich konnte dann leicht abschalten, indem ich am Strand saß und Leute oder auch Schiffe beobachtete. Gesoffen hat er auch dort. Er bestreitet das allerdings – wäre es anders zu erwarten? Zum Glück spricht man in diesem Urlaubsort fast perfekt Deutsch und Englisch, und so kam ich mir sicher vor. Für den Fall, ich hätte einen Arzt gebraucht zum Beispiel. Denn C.R. hätte mir keine Hilfe leisten können. Nie mehr wieder einen Alkoholiker oder sonstwie Süchtigen!

Während ich dies schreibe, fällt mir deutlich auf, wie allein ich war. Ich habe Hilfe nur von Fremden erhalten, aber dann auch oft nur gegen Geldleistung – bezahlte Hilfe. Das kann nicht der Sinn einer Partnerschaft sein. Jetzt bin ich offensichtlich allein stehend, doch das ist tausendmal besser als ein „Saufbold" an meiner Seite.

Größenwahn und Fehleinschätzungen am Steuer sind bekannte Folgen von Alkoholismus. Zum Glück hatte C.R. nie einen Führerschein, aber meckern konnte er ohne Ende über das Fahrverhalten anderer, auch über meins. Ich wollte ihn oft am liebsten nicht mitnehmen, doch das habe ich leider nicht fertig gebracht.

Das Schlimmste war jedoch, dass er sich oft an sein Verhalten nicht mehr erinnern konnte oder wollte. Und ich war auf die Dauer zu müde, stets die peinlichen Situationen detailliert wiederzugeben, denn die Erfolge blieben aus.

Aber das kennen Sie sicher ebenfalls.

Nun habe ich seit Wochen nicht mehr weitergeschrieben. Ein Grund dafür liegt darin, dass ich einen sympathischen Mann kennen gelernt habe und hoffe, dass es sich hierbei nicht um ein Strohfeuer handelt und dass ich mich auf ihn so einlassen kann, wie man sich so etwas im Allgemeinen vorstellt.

Dass ich immer noch für meine bereits angesprochene Arroganz und Dummheit zahle, wird mir deutlich. Ich beobachte ihn mit Argusaugen und registriere sein Verhalten sehr genau. Ich bin durch C.R. sehr verschreckt und ängstlich und misstrauisch geworden. C.R. versucht weiterhin, Einfluss auf mein Leben zu nehmen. Wie gesagt, er versucht es. Und es ist verdammt hart für mich einzusehen, dass er letztlich immer noch ein arroganter, dummer Typ ist. Er erwartet tatsächlich immer noch, dass ich sein Saufen akzeptieren soll – da ja angeblich niemand außer mir damit Probleme hat. Wie lächerlich! Aus meinem Umfeld gibt es tatsächlich NIEMANDEN, der ihm Sympathie entgegenbringt. Ich nehme an, dass es bei Ihnen nicht anders ist. Der Alkoholkranke wird wahrscheinlich Ihnen zum Gefallen bis zu einem gewissen Grad akzeptiert, bis die Gefahr besteht, dass niemand mehr kommt – auch zu Ihnen nicht mehr. Die große Schnauze, das sinnlose Gelaber, die Arroganz macht auf die Dauer keiner Ihrer Lieben mit. Dazu braucht man kein Orakel, um das vorauszusagen.

Es gibt ein Sprichwort: „Wer weiß, wofür es gut ist!" Dies trifft nicht nur für mich zu – auch Sie werden später aus der scheinbar aussichtslosen Situation gelernt haben.

Auch wenn ich noch in gewisser Weise unter meiner Vergangenheit leide, weiß ich, dass ich NIE mehr auf solche Typen wie C.R. reinfallen kann. Dazu war der Preis dieser „Karriere" eindeutig zu hoch, und ich hätte fast meine Kinder verloren, denn sie haben zunehmend mehr an meiner Liebe zu ihnen gezweifelt und auch an meinen Verstand.

Mit dem zweiten hatten sie Recht. Ich war am Punkt der Ausweglosigkeit und in riesigen Schritten unterwegs zum „Burn-Out" – nur habe ich es nicht gemerkt. So sehr war ich am Ende meiner kognitiven Leistung. Es war die Hölle. NIE MEHR!

Meist sind es Frauen, die unter der Alkoholabhängigkeit des Partners leiden und letztlich sehr viel Angst haben. Angst davor, versagt zu haben, Angst davor, dass sie es sowieso nicht anders verdient haben – weil sie zu dumm, zu hässlich usw. seien.

- ERSTER IRRTUM
  Sie schlucken täglich Demütigungen und versuchen dennoch, alles aufrecht zu erhalten – nach außen. Damit nur ja niemand etwas merkt.

- ZWEITER IRRTUM
  Sie schuften noch härter, weil Sie sicher untauglich sind und irgendwann der Partner endlich zufrieden ist und deshalb mit dem Trinken aufhört.

Diesen Irrtümern war ich auch erlegen. Hart einzusehen – aber überlebenswichtige Erkenntnis. Sie glauben, ich übertreibe? Das hätte ich damals auch geglaubt. Wieder ein IRRTUM. So entsteht auch für Sie ein Teufelskreis!

Und diese Irrtümer wurzeln meist in dem verzweifelten Versuch, Liebe zu erhalten. Dabei sind Sie noch nicht ausreichend darüber informiert, dass der Süchtige nur sich und das Suchtmittel liebt! Hart, was? Diese Härte spüre ich jetzt, nachdem ich schon seit Monaten ausgezogen bin, immer noch. Ich bin so froh, dass mir in der Kur die Augen geöffnet worden sind. Ich erkenne nun deutlich, was ich will und was nicht. Was mir gefällt und was nicht. Deshalb bin ich kein Egoist geworden – sondern nur selbstsicherer.

Eine weitere Hilfestellung bekam ich durch – wie ich mittlerweile liebevoll sage – MEINE GRUPPE. Diese ist wie eine intakte Familie. Es wird hier jedes Problem besprochen; es geht also nicht nur um Alkohol. Es ist einfach herrlich. Die Leute dort sind sehr sympathisch. Es besteht ein ausgesprochen großer Zusammenhalt. Man unternimmt sehr viel (Ausflüge, Kegeln, Eis essen usw.). Noch einmal möchte ich Ihnen raten, eine solche Gruppe aufzusuchen. Seither habe ich nie mehr die Telefonseelsorge angerufen oder meine Freunde mit dem Thema C.R. beschäftigt. Ich kann mich jetzt wieder auf deren Leben, deren Probleme und deren Freude einlassen. Mein Kopf ist frei! Ich bin nicht mehr fokussiert auf den Alkohol, das jämmerliche Verhalten von C.R. oder seine Unfähigkeit im Umgang mit seinem Sohn. Dies alles habe ich gelernt. Ich habe ein neues Leben oder, besser ausgedrückt: Ich bin wieder normal. Nicht mehr dominiert und dann noch von einem Süchtigen.

Ich bin kann mir vorstellen, dass dieses Buch – allein durch meine direkte und offene Ausdrucksweise – auch für einen männlichen Leser hilfreich ist. Die entstehenden Irrtümer sind vermutlich vergleichbar. Die Zahl der alkoholabhängigen Frauen steigt zunehmend, obwohl bei ihnen eindeutig die Medikamentenabhängigkeit im Vordergrund steht. Auch hier ist die Gruppe der Angehörigen ausgesprochen hilfreich. Warum sollten Sie sich schämen, dorthin zu gehen? Alles dort Besprochene bleibt im Raum – will heißen: Es dringt nicht in die Öffentlichkeit, denn alle halten sich an den Ehrenkodex der Schweigepflicht. Und alle anderen sind ebenfalls da, um Hilfe, Unterstützung oder auch Freundschaft zu finden.

Was würde ich dafür geben, hätte ich diese Gruppe schon vor Jahren besucht! Was wäre mir alles erspart geblieben!

Doch hinterher ist man immer klüger. Wie wahr! Ich meine zu spüren, dass Sie eigentlich nur eine Hand brauchen, die Sie dorthin bringt. Auf eine erste Weise reiche ich Ihnen diese Hand, indem ich meine Geschichte für Sie aufschreibe. Mein Buch, das Sie in Händen halten, soll Ihnen eine Hilfe sein. Es wird Ihnen die Augen öffnen für die Situation, in der Sie sich befinden, und Ihnen ein Ratgeber sein, sooft Sie nicht mehr weiterwissen – wie ich damals. In diesem Sinne reiche ich Ihnen meine Hand. Sie brauchen Sie nur zu ergreifen.

Bis zu diesem „Burn-Out" habe ich über mein Leben mit dem Alkoholkranken nie so offen gesprochen. Gott sei Dank habe ich erkannt, dass MIR nur die „Flucht nach vorn" helfen kann – dazu gehören eben auch das offene Wort, der Ausdruck von Gefühlen und immer noch aufkommende Tränen. Tränen der Wut und Tränen der Enttäuschung.

Glauben Sie bitte nicht, dass die erwähnte Kur ein „Zuckerschlecken" war. Es wird sehr hart an der kaputten Psyche gearbeitet und weit mehr gefordert, als Sie sich vielleicht vorgestellt haben. Schließlich handelt es sich nicht um eine Badekur! Im gesamten Kurhaus „wimmelt" es von Psychologen, selbst der Sportanteil wird von Psychologen gestaltet. Das habe ich natürlich auch nicht gewusst, und die Erkenntnis hat mich zu Beginn der Kur geschockt. Doch der Sinn eines solchen Hauses ist es, wieder der zu werden, der man tatsächlich ist, nicht mehr eine Marionette, und dazu braucht man kontinuierliche psychologische Unterstützung. Auf SICH zu achten – nicht auf den Süchtigen.

Es ist vielleicht auch für Sie ratsam, eine solche Kur zu machen. Besprechen Sie es doch einmal mit Ihrem Arzt; meiner hatte mich seinerzeit auf diese Möglichkeit dringend hingewiesen. Wie dankbar ich bin, brauche ich sicher nicht besonders zu erwähnen. Keine Angst: Es sind auch andere „Probleme" in diesen Häusern vertreten (unerträglicher beruflicher Stress beispielsweise). So habe ich dort andere „Burn-Outer" kennen gelernt. Stress ist die Ursache hierfür, egal welchen Ursprungs.

Ich kann nicht oft genug erwähnen, wie wichtig es ist, aus dem Teufelskreis herauszukommen. Wenn es schon nicht Ihr Partner schafft, dann aber mit Sicherheit Sie selbst. Lassen Sie sich nicht mehr mit Versprechungen einlullen. Sie gehen daran kaputt.

Selbst mein konsequentes Verhalten (Auszug) hat keine Auswirkungen auf das Trinkverhalten von C.R. – auch nicht auf sein Verhalten mir gegenüber am Telefon. Wo sind die Versprechungen von Alkoholentzug? Menschenwürdiger Umgangston?

Ich habe nun meist die Kraft, damit umzugehen. Nicht immer gleich bleibend – aber ich bin doch stabiler geworden. Wie gesagt mit Hilfe.

Ich grenze eindeutig meine Kinder und mich ab. Die beiden erblühen zusehends, Sie sind lebensfroher und zuversichtlicher geworden. Sie wissen, dass ich für sie da bin. Beide gönnen mir von Herzen einen neuen Partner, und sie wissen, dass ich meine Fehler nicht wiederholen werde. Darüber freue ich mich sehr.

Um von vornherein Unstimmigkeiten und Missverständnisse möglichst zu vermeiden, spreche ich mit dem neuen Mann an meiner Seite offen über meine Vergangenheit. Dies fällt mir teilweise sehr schwer, weil: peinlich. Oft reagiert er mit Kopfschütteln und stellt die Frage, warum ich all das so lange mitgemacht habe. Es bleibt mir nichts anderes übrig, als dann immer wieder auf meine unsagbare damalige Arroganz und Dummheit hinzuweisen. Irgendwie ist es peinlich, und ich verstehe es mittlerweile auch nicht mehr. Wenn ich mich reden höre, höre ich meine Fehler, meine Dummheit – grauenhaft.

Dabei war ich doch immer intelligent, wirke sympathisch auf andere, habe eine gute Schulausbildung, hatte einen verantwortungsvollen Beruf und habe eine gute Allgemeinbildung. Was war mit mir los? Wie konnte ich das aushalten?

Letztlich war wohl das „Burn-Out" vorprogrammiert – weil mein Denkvermögen das alles nicht mehr verkraften konnte. Es ging ihm offensichtlich „gegen den Strich". Es ist bewiesen, dass der Körper in Extremsituationen Eigenschutz aktiviert.

Erstaunlicherweise setzt das Denkvermögen nach dem Wegfall der Stresskomponente wieder einwandfrei ein. Erst langsam, dann aber auf Höchstleistung. Zum Glück. Jetzt fühle ich mich wieder fröhlich und so, wie ich eigentlich immer war.

Ich vermute, dass meine wiedererlangte Persönlichkeit unter anderem den Ausschlag dafür gab, dass sich ein anderer Mann für mich interessiert. Die erwähnten Demütigungen haben mich seinerzeit glauben gemacht, ich sei der letzte Dreck.

Mittlerweile bin ich wieder ICH.

„Wer weiß wofür das gut ist?"

Dieses Sprichwort ist genial, denn durch mein Fehlverhalten habe ich unendlich viel gelernt, und ich bin zuversichtlich, dass es dazu beiträgt, dass ich irgendwann ganz selbstverständlich eine harmonische Partnerschaft leben kann.

Nun lebe ich genau ein Jahr von C.R. getrennt – will sagen, in eigener Wohnung. Sicher haben Sie erkannt, dass ich schon viel früher von ihm getrennt war – innerlich.

Meine Kinder und ich haben es geschafft. Doch eine „Traumkarriere", wie die Leute es sehen, ist es nicht. Sehr oft habe ich in den letzten Monaten geweint und gedacht: „Ich schaffe es nicht." Ja, es kam auch der Gedanke, alles sei zu spät und ich könne eigentlich einfach zurückgehen.

Zurück in den Wahnsinn!?!

Es gab kaum einen Tag, an dem die Kinder mich nicht scharf dafür kritisiert haben, dass ich mit einem Säufer zusammengelebt habe, ihnen die Welt damit zerstörte und ich mich sehr zum Nachteil verändert hätte. Alles (Umzug usw.) sei umsonst gewesen. Sie seien zerstört und ich lange nicht mehr die Mutter, die ich einst war (humorvoll, liebevoll, ruhig und ausgeglichen).

Diese Vorwürfe kamen etwa sechs Monate nach dem Einzug in unser neues Heim. Können Sie sich vorstellen, wie fürchterlich ich mich fühle? Absolut verlassen, die Welt nicht mehr verstehend. Ich habe doch so vieles geändert – was ist los?

Natürlich belasten mich finanzielle Probleme, auch, dass ich z.B. kein Auto mehr habe. Seit mehr als zwanzig Jahren war ein Auto für mich absolute Normalität.

Was ist mit meinen fast erwachsenen Kindern los?

Jedenfalls fühle ich mich bei solchen Vorwürfen sehr ungerecht behandelt und allein vor einer Front. So ist ein Streit meist unausweichlich.

Schade – es sollte doch alles besser werden.

Noch nie habe ich ganz allein für die finanzielle Sicherheit gesorgt. Ich habe einfach keine Übung darin. Daher kommen auch viele meiner Unsicherheiten. Jetzt stehe ich natürlich nicht mehr so abgesichert da, denn ein Verdienst fehlt.

Dass ich einmal so materialistisch denke, hätte ich nie gedacht.

Ja, der Alkoholiker hat auch Geld ins Haus gebracht und nicht jeden Cent versoffen. So war ich viele Jahre finanziell sehr gut gestellt. Heute ist fast das Gegenteil eingetroffen, weil meine Kinder und ich fast nur von meiner Rente leben.

Aber: All das kann kein Grund sein, die erlangte Freiheit aufzugeben. Wieder in die Welt des Alkoholkranken zurückzugehen!

Auch nicht, dass ich jetzt alles zu Fuß einkaufen muss. Teilweise kann ich kaum den Einkaufswagen hinter mir herziehen. Schlimm ist es besonders dann, wenn es regnet. Auch habe ich wenige Möglichkeiten, meine Familie oder Freunde zu besuchen. Alle wohnen sehr weit von mir entfernt, sodass ich ein Auto wirklich gut brauchen könnte.

So sieht jetzt meine Realität aus. Und hier ist nur das Materielle angesprochen.

Wie die Gefühlsebene aussieht? Chaotisch! Sie spüren sicher meine Zerrissenheit, die ich allerdings schon zum größten Teil abgelegt habe.

Um mir selbst Mut zu machen, habe ich dann manchmal die bereits geschriebenen Seiten dieses Buches hervorgeholt, um mich wieder an meine Vergangenheit mit dem Alkoholkranken zu erinnern.

Komisch, ist man erst in Sicherheit und vergeht eine Weile, beginnt man vieles vom damaligen Schrecken offensichtlich zu verdrängen. Das wäre natürlich aberwitzig, denn dann müsste ja jeder beim Suchtkranken bleiben, weil die Zukunft teilweise ungewiss erscheint. Es ist jedoch so, dass JEDE

Veränderung Unsicherheiten mit sich bringt. Das musste ich mir selbst dauernd vor Augen halten. Hier standen wieder meine Familie, meine Freunde und meine Gruppe hinter mir.

Merke: Sicher ist lediglich, dass der Alkoholkranke immer noch säuft und mit schlafwandlerische Sicherheit seine nächste Flasche öffnet.

Ihm geht es gut. Er brauchte keine Klimmzüge zu machen, damit er überlebt. Dieses hatte er nicht nötig und beobachtet die Aktionen des Partners leicht amüsiert. Was soll er? Alkoholberatung? Er? Mit Auszug droht seine Frau? Dreht die jetzt komplett am Rad? Jeder trinkt doch! Er zu viel und dann noch regelmäßig? Die Frau hat sie doch nicht alle!

Das steht für den Alkoholiker fest. Fürchterlich! In dem Fall für beide Seiten. Das weiß ich heute besser als vor einem Jahr.

Ich kann nicht sagen, wie oft ich mittlerweile meinem ehemaligen Partner den Auszug begründet habe. Fast täglich! Er versteht es immer noch nicht. Sooo schlimm war doch alles gar nicht.

All das ist für mich fast nicht mehr zu ertragen – aber ich wollte ja nicht auf meine „Fachleute" hören. Diese rieten mir schon vor Monaten, nicht mehr mit C.R. zu sprechen.

Ich kann es nicht! NOCH NICHT!

In meinen Ausführungen habe ich noch nicht erwähnt, dass mich diese harte Zeit mit C.R. dazu gebracht hat, dass ich gläubiger geworden bin. Es ist jetzt nicht so, dass ich der Kirchgänger schlechthin wäre – aber der Glaube daran, dass auch für mich noch etwas Gutes im Raum steht, hat mir sehr geholfen und erleichtert mir noch heute vieles.

Offensichtlich bin ich immer noch in der Co-Abhängigenfalle. Dabei gehe ich seit April jeden Mittwoch in die

Gruppe. Aber was sind auf der anderen Seite Monate im Vergleich zu Jahren! Jahre, in denen ich mich unmerklich immer mehr angepasst habe. Angepasst an eine Situation, die mich selbst fast das Leben gekostet hätte.

Mit Sicherheit aber steht fest, dass ich gerade noch, ganz knapp, den Leidensdruck meiner Kinder lindern konnte. Ich baue immer noch auf die Zeit, in der sie so manches vergessen haben werden. Meine Gruppe sagt, dass dies erfolgen wird und ich nicht das Vertrauen in unsere gemeinsame Zukunft verlieren solle.

Viele meiner Erlebnisse in der NEUEN WELT erfahren auch andere Co-Abhängige. Ich bin also keine Ausnahme.

Auch auf die Gefahr hin, dass ich Sie nerve: Ich hoffe, dass Sie meinen Rat annehmen und nicht so stur und naiv sind, wie ich es war.

„Ich schaffe es allein" – Unsinn! Betroffene – Alkoholkranke und Angehörige – sind tatsächlich die besten Ansprechpartner und Ratgeber. Mittlerweile habe ich einige Freundschaften in der Gruppe geknüpft. Die Leute dort sind nicht anders als „du und ich". Berührungsängste können nicht entstehen, weil alle dasselbe Ziel haben.

Alkohol im Allgemeinen wird hier nicht verpönt – der eine kann damit unbeschadet umgehen, der andere nicht. So ist dort die Denkweise. Aber jeder, der dorthin geht, braucht Hilfe. Egal warum. Das macht den ersten Schritt einfacher, für beide Seiten.

Welche Resultate habe ich schon erzielt?

Als Erstes ist mein Fokus ganz einfach nicht mehr ausschließlich auf C.R. gerichtet. Allein deswegen, weil ich ihn nicht mehr sehe. So simpel ist es tatsächlich. Mein neues Leben verlangt meine ganze Aufmerksamkeit, und die anfänglich von mir so beklagte finanzielle Unsicherheit ist hierbei nur von Vorteil. Ich brauche viel Zeit für meine Buchführung, zum Einkaufen und für unseren Haushalt, denn ich möchte die Wohnung stets tipptopp haben. Bewusst nehme ich mir viel Zeit für meine Kinder, für den Hund, aber auch für mich. Demzufolge habe ich den Fokus tatsächlich enorm verändert.

Jetzt habe ich auch wieder viel mehr Zeit für meine Freunde, wenn ich auch nicht mehr so einfach zu ihnen komme. Ferner sind meine Gedanken viel klarer. Kein Wunder, denn die zentnerschwere Last ist beseitigt.

Außerdem habe ich mittlerweile keine Problem mehr mit Leuten, die gelegentlich Alkohol trinken. Anfänglich war daran nicht zu denken. Also, mein Leben normalisiert sich zunehmend.

Mir fällt an mir selbst auf, dass ich viel häufiger lache, die Dinge öfter wieder mit Humor betrachte und meine Grundstimmung optimistisch ist. Dies alles bemerke ich seit etwa einem Monat. Es ist einfach wunderbar – fast wie früher, vor der Schreckenszeit. Dabei hat sich an meiner unsicheren Haltung noch nichts geändert. Ich habe schreckliche Angst vor der bevorstehenden Nebenkostenabrechnung, die ich früher „mit links" bezahlen konnte. Ich habe Angst vor allen unvorhersehbaren Kosten (Tierarzt, Waschmaschine usw.). Auf der anderen Seite habe ich noch nie einen so guten Überblick über meine Finanzen gehabt wie heute. Es stimmt doch: „Wo viel Schatten ist, da ist auch Licht." Ich vertraue auf die Zukunft. Ich weiß, dass meine Freunde hinter mir stehen und auch die Gruppe.

Dass ich mal in eine Gruppe gehen würde – undenkbar. Irgendwelche Organisationen? Absolut unbedeutend. So habe ich tatsächlich Jahrzehnte über Selbsthilfegruppen gedacht. Wie arrogant war ich eigentlich? Ich bin natürlich eigenständig – aber ich hatte es vergessen in meiner Zeit mit C.R. Dass ich ein liebenswerter Mensch bin, genau wie Sie, dass ich ein Recht auf Zufriedenheit habe, genau wie Sie, das alles hat mich meine Gruppe gelehrt. Mich wieder an MICH erinnert.

Mir ist aufgefallen, dass ich Monate nicht mehr an diesem Buch gearbeitet habe. Warum?

Antwort: Ich hatte einfach keine Lust! Ich wollte endlich mal nichts mehr DAVON hören. Und es tat wirklich gut.

Die Krönung sollte ein zweiwöchiger Familienurlaub sein. Es war wunderbar, mit meinen Kindern einfach aus dem Alltag wegzufliegen. Grandios, bombastisch, einfach klasse.

Ich hatte keine Angst, wir könnten abstürzen – das war bereits fast auf dem Boden passiert, doch der Scherwind richtete dann doch kein Unheil an, obwohl so ein Wind tückisch sein kann. Unser Schutzengel war da, genau wie jetzt auch.

Sie lachen über mich? Spüren Sie doch ganz tief in sich hinein. Lassen Sie es zu, dass man Ihnen JETZT hilft. Ihr Verstand und Ihr Lebenswille sind stärker, als Sie vielleicht ahnen. Sonst hätten Sie dieses Buch nicht gekauft. Und dann sind da noch die Leute, die Sie vielleicht vergessen haben. Die nur auf Ihr Signal warten – auf Ihr S O S !

Dann habe ich ja bereits erwähnt, dass ich einen Mann kennen gelernt habe. Auch er ist ein Grund dafür, dass ich mich längere Zeit nicht um das Buch gekümmert habe. Es ist schon komisch. Er stellt all das dar, was ich mir so gewünscht habe. KEIN ALKOHOLPROBLEM. Ja, er raucht noch nicht einmal. Es ist schon witzig. Aber ich merke doch, dass ich über alle Maßen empfindlich geworden bin. Ständig habe ich Angst davor, tiefe Gefühle zuzulassen. Zu sehr schmerzt meine Vergangenheit. Ich habe Angst vor Gefühlen, Angst davor, wieder ausgenutzt zu werden. Selbst wenn er kein Alkoholiker ist – welche Macke hat er dann? Es kann ja gar nicht sein, dass jemand mich so mag, wie ich bin. Was mag er denn an mir? So komme ich wieder in meine traurige Vergangenheit und spüre, dass ich vergleichbar bin mit jemandem, der eine Kriegsverletzung hat. Ich habe Verletzungen, die nur ich sehe, vom Spüren ganz abgesehen. Zum Glück sehe ich das mittlerweile. Mein Selbstwertgefühl ist stark verletzt, und das Gefühl, dass jemand mich als Person lieben könnte, ist fast vernichtet. Das Gefühl, liebenswert oder gar lebenswert zu sein, war so gut wie erloschen.

All das war der Grund dafür, dass ich mich längere Zeit nicht mehr um dieses Buch gekümmert habe. Am bedeutungsvollsten war für mich der Urlaub mit meinen Kindern.

Ich werde diese Zeit NIE vergessen. So muss sich jemand fühlen, der eine lebensbedrohliche Krankheit hatte, an der lange herumgedoktert worden ist und bei der die Medizin zunächst nicht angeschlagen hat, der dann aber letztlich doch als geheilt entlassen werden kann.

Ich hoffe, dass ich irgendwann wieder fähig bin, jemanden bedingungslos zu lieben. Wie ich es damals getan habe, als ich noch keine „Kriegsverletzung" hatte. Vielleicht lerne ich auch nie den idealen Partner kennen – aber ich werde mich selbst immer noch besser kennen lernen. Mein ICH war verschüttet, tief vergraben – so als wenn es mich NIE gegeben hätte.

Warum musste ich an den Alkoholiker geraten? Warum ich?

Diese Frage werden Sie sich auch stellen. Die Antwort ist: Es gibt keine. Er ist krank und Sie sollten sich nicht anstecken!

Süchtige lieben erstens sich und zweitens den Suchtstoff. SO IST DAS.

Momentan bin ich Ihnen gegenüber durch die Gruppe, die

mich sehr unterstützt, im Vorteil, aber ich vieles verstehe ich noch nicht. Deshalb sitze ich hier nicht mit erhobenem Finger, sondern bin tatsächlich immer noch traurig über mein Schicksal.

Sie spüren, wie hilflos ich nach einem Jahr noch bin, und dies sollte Ihnen den Entschluss erleichtern, möglichst frühzeitig Hilfe zu suchen. Ich weiß nicht, wie lange man leidet – ich weiß aber, es wird tatsächlich besser, sprich erträglicher. Alkoholismus ist die Hölle. Aber wem sage ich das?

Der Witz an der Sache ist: Der Süchtige hat kein Problem. Ihm geht es doch gut. Nur die anderen haben eine „Macke".

Normalerweise bin ich die, die anderen das Beste als Überraschung noch aufhebt. Doch heute mache ich eine Ausnahme.

Ja, ich habe mich offensichtlich – in einer für mich nicht mehr vorstellbaren Form – mittlerweile gänzlich auf einen Mann eingelassen. Ich bin also verliebt und fühle mich oft so albern wie ein Teenager und doch so geborgen und vertraut wie in einer über viele Jahre bestehenden glücklichen Partnerschaft.

Er und ich reden sehr viel über Gefühle und auf beiden Seiten bestehende Ängste. Es gehören natürlich auch die Vergangenheiten dazu. Meine und seine.

Es kam bei mir nicht wie CRASH BOOM BANG. Langsam, aber kontinuierlich, ist mein Vertrauen und damit mein tiefes Gefühl zu ihm gewachsen.

Das Wissen, dass ich doch nicht mehr so „kaputt" bin wie vor mehr als einem Jahr, macht mich sehr glücklich.

Langsam wird mir wieder bewusst, was ich in den vielen vergangenen Jahren vermisst habe. Ich sehe mich dann tatsächlich auf dem Balkon oder im Garten sitzen, als ich von einem anderen Partner geträumt habe. Einem Partner, der nicht säuft, der eben das widerspiegelt, was man im Allgemeinen als „normal" bezeichnet. C.R.s Verhalten hatte mich dazu gebracht und leider auch dazu, dass ich immer weniger an diese Möglichkeit für mich geglaubt habe.

Sicher möchten Sie jetzt wissen, wie und wo ich diesen Mann kennen gelernt habe. Die Antwort ist simpel: Durch Gespräche und durch die Hilfe, die er mir angeboten hat. Und wo? – In meiner Gruppe!

Ja, war ich nicht diejenige, die stets gesagt hat: „Nie mehr jemanden mit Alkoholproblemen"? Doch ich habe in der Vergangenheit durchaus gelernt, dass es nicht darauf ankommt, was mal war, sondern darauf, dass die Situation der Vergangenheit gänzlich geändert worden ist. Und dies liegt hier – jahrzehntelange Trockenheit – in überzeugender Weise vor. Dies beeindruckt mich ungemein und veranlasst mich dazu, mit ihm gemeinsam in die Zukunft zu gehen. Ja, ich bin unendlich stolz auf seinen Mut, seine Einsicht und seine Fähigkeit, mit der „nassen" Vergangenheit umzugehen.

Ich beobachte gerne seine Gesichtszüge – die von einem Mann und nicht mehr die von einem Säufer.

Wie unendlich einsam ich war, wird mir erst jetzt bewusst. Es gab keine nennenswerten Unternehmungen, über die man später noch reden konnte. Über die man sich vielleicht noch Jahre freute. Ich war doch tatsächlich froh, wenn ein Einkauf oder ein kleiner Ausflug in die Stadt einigermaßen glimpflich verlief.

Oft genug gab es auch bei diesen Unternehmungen überaus peinliche Situationen, und heute frage ich mich, warum ich eigentlich mit dem zumindest sehr stark Angetrunkenen gefahren bin. Wahrscheinlich lag es daran, dass ich sonst nicht raus konnte. Ich habe wohl später die Gelegenheit genutzt, meine Freunde zu besuchen, wenn C.R. wieder auf der Couch eingeschlafen war, weil ja bekanntlich stets „überarbeitet".

Warum hat er geglaubt, dass ich nicht merke, dass er kaum einen Satz zusammenhängend sprechen oder einigermaßen geradeaus laufen kann? Na, wie auch immer. Ich habe dann einen kurzen Zettel geschrieben, wo ich bin und wann wieder zurück. Oft war es so, dass ich nervös weggefahren bin, weil ich nicht wusste, ob es später deshalb „Theater" geben würde. Und genauso oft ist es vorgekommen, dass er immer noch schlief, wenn ich wiederkam – vielleicht nach drei

Stunden. Ich bin später sogar dazu übergegangen, dass ich meine Besuche nicht mehr erwähnt habe. Es war mir zu müßig, schon wieder alles erklären zu müssen. So habe ich dann immer mehr das Telefon zu schätzen gewusst.

Die Tragweite dieser Ereignisse ist mir wohl kaum zu Bewusstsein gekommen – so sehr hatte ich mich an das alles gewöhnt und die Möglichkeit irgendwelcher Veränderungen für mich zunehmend abgeschrieben.

Jetzt schüttele ich selbst den Kopf. Hört sich unglaubwürdig an, aber so war es.

Eine meiner Freundinnen zog mich einmal fast mit Gewalt daraus – obwohl C.R. jetzt nicht mehr sein feiges zweites Gesicht verbergen konnte. Hier ging es um einen lang geplanten Theaterbesuch, freitagabends.

Sie und ich wollten für zwei oder drei Stunden ins Laientheater und C.R. war betrunken und wollte auf keinen Fall, dass ich gehe. Er hat geflucht, geschrien, meine Freundin bis aufs Blut beleidigt, die Türen geknallt, ist hinter uns hergelaufen; trotzdem sind wir gefahren. Mir war der Abend natürlich verdorben – und ich hatte so viel Angst zurückzukommen.

Meine Freundin wollte, dass ich bei ihr übernachte, doch ich habe es nicht getan. Hier kann ich wohl eindeutig von Dummheit sprechen.

Als ich zurückkam, lag C.R. im Bett und das Zimmer stank so durchdringend nach Alkohol, dass es mir den Atem verschlug. Erst Stunden später registrierte er, dass ich wieder da war, und konnte sich offensichtlich nur noch teilweise an den vorherigen Abend erinnern. Irgendwie fand ich das gut; so blieben mir Erklärungen und Beleidigungen erspart. Trotzdem hätte ich das Angebot der Freundin annehmen sollen. Habe ich aber nicht.

Ereignisse dieser Art gab es noch viele. Und immer dann, wenn ich Hoffnung schöpfte, dass er vielleicht doch mit dem Trinken aufhörte, ging es wieder von vorne los. So etwas erleben Sie mit Sicherheit ebenfalls allzu oft oder zumindest dann, wenn Sie vielleicht auch gehofft haben, endlich einen Schritt ins alkoholfreie Leben mit Ihrem Partner zu gehen. Die Enttäuschungen sind dann so hart, dass Sie wahrscheinlich auch schon großer Meister im Verdrängen von Gefühlen geworden sind.

Ich verachte Alkohol übrigens mittlerweile nicht mehr als „Volksdroge", sondern setze ihn beispielsweise mit Sahnetorten gleich. Die einen können davon zu sich nehmen, so viel sie wollen, werden nicht dick, haben kein erhöhtes Cholesterin – und den anderen bekommt es eben schlecht.

Die ANDEREN sind dann auch die Alkoholkranken. Es macht eigentlich nichts. Hat nicht jeder von uns Einschränkungen oder Bereiche, in denen er aus Vernunftgründen verzichtet?

Allerdings muss deutlich gesagt werden, dass ein so genannter „nasser Alkoholiker" keine kognitive Leistung in diesem Bereich mehr zustande bringt. Daher ist der Schlüssel zum Entzug der eigene Wille. Sie bringen ihn nicht dazu. ER muss wollen – sonst niemand.

Dies ist auch die Antwort auf die Frage, warum ich mich wieder auf einen Mann einlasse, der Alkoholprobleme hatte: Er will nicht mehr trinken! Dies schon über ein Jahrzehnt. ER hat die gesamte Problematik erkannt und tatsächlich das gesamte harte „Programm" mitgemacht: sozialer Abstieg, Zerbrechen der Familie, Verlust der Arbeitsstelle und dann die Einsicht:

SO GEHT ES NICHT WEITER!

Wenn ich jetzt nicht vertrauen kann – wann und wem dann? Außerdem sagt mir ein starkes inneres Gefühl, dass ich diesen Menschen zu Recht ganz besonders lieb habe. Und ich bin der Überzeugung, dass mir jetzt ein Stück Glück zusteht, nachdem ich die Hölle mitgemacht habe.

Auffallend ist, dass ich seit Mitte Januar 2006 nicht mehr rauche. Zugegeben, die Angst war mein „Nachhilfelehrer". Üblicherweise habe ich vorher fünfundzwanzig Zigaretten geraucht und in sehr stressigen Zeiten auch etwa vierzig. Das ist definitiv viel zu viel.

Wahrscheinlich habe ich durch die gesamte Aufregung nicht gemerkt, dass ich dauernd erkältet war, und langsam entstand ein Druck hinter dem Brustbein. So kam ich zu dem Entschluss, meine Lungen röntgen zu lassen. Die Überweisung hing etwa zwei Monate am Brett in der Küche. Gesehen habe ich diese unentwegt, doch mein Mut war nicht besonders stark ausgeprägt. Letztlich habe ich dann doch die Untersuchung durchführen lassen und das Bild war in Ordnung.

Jedenfalls rauche ich seit dem 14. Januar nicht mehr und sage auf keinen Fall, dass dieser Entschluss spielend leicht von der Hand gegangen wäre. Es ist so, dass ich ein bis zwei Tage im Monat habe, an denen ich sehr stark an Zigaretten denke und auch entsprechendes Verlangen habe. Bisher jedoch hat der Verstand stets gesiegt und ein solches Aufkommen ist wohl nicht ungewöhnlich.

Das von vielen befürchtete Zunehmen ist bei mir nicht im Übermaß eingetreten – wahrscheinlich war der Gewichtsverlust im letzten Jahr so hoch, dass jetzt die wenigen Kilo, die ich zugenommen habe, keine Probleme darstellen. Für mich nicht. Im Gegenteil, ich habe mich gefreut, weil vorher immer deutliches Untergewicht, welches bekanntlich sehr gefährlich ist, bei mir vorlag. Ich kann nicht einmal sagen, dass ich übermäßigen Appetit entwickelt habe, dafür aber mehr Körperbewusstsein. Ich gehe z.B. seit etwa drei Monaten zum Fitnesstraining. Es macht mir sehr viel Freude, aber auch die Gespräche mit den anderen Teilnehmern erheitern mich und erweitern meinen Horizont. An solche Möglichkeiten habe ich noch vor sechzehn Monaten nicht gedacht.

Ich bin sehr aufgeschlossen für Unternehmungen mit „meinem" Hermann. Es ist nicht zu glauben, wie viel Spaß wir haben. Wir sind in der Freizeit dauernd unterwegs und erleben zusammen sehr viel. Seien es Spaziergänge, Besichtigungen, kleine und große Schiffstouren, einfaches Bummeln durch die Stadt, Fahrradfahren – er manchmal auf Inlinern und ich auf meinem klapprigen Rad – was es auch immer ist: Wir unternehmen das alles gemeinsam und haben dann gemeinsame Erinnerungen und auch gemeinsam Spaß. Dies alles hat nicht nur mir, sondern auch ihm gefehlt. Wir beide finden diese Konstellation super, waren wir doch vorher – jeder auf seine Art – einsame Geschöpfe.

Meine Kinder sind nun 20 und 18 Jahre alt und gehen noch zur Schule. Meine Tochter wird im nächsten Jahr hoffentlich ihr Abitur machen und mein Sohn dann im Sommer 2008.

Dann wäre die schulische Laufbahn abgeschlossen, eine Zeit, die mich zum Teil sehr belastet hat. Im materiellen Sinn wegen Nachhilfe in Mathematik. Es fehlte nicht nur das mathematische Verständnis, sondern auch ganz deutlich das Interesse an der Schule. Dieses Desinteresse entwickeln nun fast alle Schüler, aber bei uns lagen noch die „besonderen" Umstände vor.

Meine Kinder halten sie mir noch oft genug vor, und bisweilen eskaliert es im Streit. Dann habe ich so viel Wut – in erster Linie gegen mich selbst, weil ich so dumm war, das alles mitzumachen. Und dann noch über Jahre. Dafür könnte ich mich selbst ohrfeigen. Doch jetzt ist es zu spät und ich komme mir manchmal desillusioniert vor. Es war wohl doch nicht ausreichend, eine neue Wohnung zu beziehen. Es war zu spät!

Ich habe in all dem Schlamassel nicht daran gedacht, dass meine Kinder dann noch ihren eigenen Charakter entwickeln, gegen den ich manches Mal nicht ankomme.

Generell ist es gut, wenn es verschiedene Charaktere in der Familie gibt, es gestaltet das Leben bunter, aber ich komme mir vor wie Don Quichote, der gegen Windmühlen ankämpft.

Doch die Zeit heilt bekanntlich viele Wunden. Darauf baue ich momentan sehr. Meine Kinder können aus meinen Fehlern lernen. Das ist die positive Seite. Die negative ist, dass ich nicht viel Zeit zum Erholen hatte, sprich vom garstigen Alkoholkranken in die neue Wohnung und dann die Anfeindungen der Kinder. Hätte ich eine Verschnaufpause gehabt, könnte ich besser damit umgehen.

Ich habe zum Glück die Möglichkeit, mit Pädagogen aus dem sozialen Dienst der Caritas zu sprechen. Zu meiner großen Erleichterung haben mir die Pädagogen versichert, dass ich gar nicht so viel falsch mache. Dass es gut ist, dass ich mich abgrenze und mit meinem neuen Lebensgefährten mein eigenes Leben führe. Die Zeit, das Alter meiner Kinder, ist dafür überreif.

So macht es mir auch keine Probleme, dass meine Tochter vorhat, nach der Schule nach Berlin zu ziehen.

Es hat alles seine Zeit – und meine ist jetzt gekommen. Diese Einstellung habe ich mit den dortigen Pädagogen besprochen, und sie bestärken mich darin.

Auch wenn ich noch so viel falsch gemacht habe – die Uhr zurückdrehen kann ich nicht. Dafür kann ich aber jetzt mein Umdenken demonstrieren. Nicht nur ich muss mit meinen Fehlern leben – die Kinder müssen es auch. Gut zu wissen und sehr erleichternd.

Die Kinder könnten übrigens auch zu dieser Familienberatungsstelle. Es wäre ja keine Hemmschwelle zu überwinden, weil „man" sich ja immerhin schon über Jahre kennt. Aber nein, sie möchten nicht dorthin. Es reiche doch, wenn ich diesen Part übernähme. Der Pädagoge, Herr M., sagt: „Sehen Sie mal, es kann so schlimm mit Ihnen nicht sein, sonst kämen die beiden händeringend. Es kommt immer nur der, der wirklich Hilfe braucht und sich Gedanken macht."

Cooler, hilfreicher Satz.

Übrigens: Die Beratung dort ist kostenlos. Jedoch werde ich einige Euro ins Sparschwein werfen. Wenn man Hilfe braucht, bekommt man sie. Sogar ohne lange Wartezeiten.

Alle Welt erinnert mich permanent an das von mir angefangene Buch. Mittlerweile fällt es schon auf, dass ich mich nicht ausführlich mit diesem Buch befasse. Es könnte wahrscheinlich schon in den Verkaufsregalen liegen, aber es kommt nicht voran.

Niemand soll denken, ich fühlte mich wie eine professionelle Autorin. Tatsache ist, dass ich mir augenblicklich eine Person vorstelle, die mit verheulten Augen und blassem Gesicht vor mir sitzt und händeringend um Hilfe schreit, wenn auch nicht hörbar.

Tatsache ist auch, dass ich momentan selbst Angst habe. Angst davor, alles wieder auszugraben. Was heißt „ausgraben"?

Den ersten Teil des Buches habe ich bereits vor etwa einem Jahr geschrieben – ja, so lange sitze ich dieses Thema bereits aus. Seit zwei Jahren bin ich nun von C.R. weg. Zuerst wie bekannt räumlich und nun auch seelisch, wie ich meine.

IRRTUM!!! Sonst hätte ich nicht so viel Angst, dieses Buch anzufassen und weiterzumachen. Ich merke, es geht jetzt in den Bereich meiner eigenen tiefen Gefühle, und davor habe ich Angst – nicht mehr, dass er mich anschreit, besoffen die Türen schmeißt oder mich möglicherweise doch noch schlägt.

Es ist auch nicht so, dass ich vor dem THEMA Angst habe – sondern vor meinem eigenen Gesicht.

Je länger ich da weg bin, desto mehr schäme ich mich dafür, was ich gemacht habe bzw. habe mit uns machen lassen in all den Jahren. Wäre ich doch wenigstens allein gewesen – aber nein, da sind noch meine Kinder. Was habe ich IHNEN angetan? Damit zu leben ist noch viel schwerer als seinerzeit mit dem Alkoholiker. Ich denke, hier liegt das eigentliche Anliegen meines Buches. Dies ist auch der Grund dafür, dass ich heute nicht einmal sagen kann, ich hätte nur Wut auf C.R. Viel wütender bin ich auf meine damalige eigene Arroganz und Unwissenheit. Ich habe die Folgen nicht abgesehen – JA, NICHT EINMAL GEAHNT.

Ich schäme mich so fürchterlich für all das, was ich tatenlos angesehen habe. Dieser ständig betrunkene Mann. Wenn man weniger Wert auf eine gepflegte Ausdrucksweise legt, kann man in diesem Fall auch von „versoffenem Schwein" reden, denn das war er, wenn er sich danebenbenahm. Und trotzdem hielt ich ihn aus. Mein Egoismus, meine endlose Arroganz, die ich über so viele Jahre gepflegt habe, ist Ursache dafür, dass es mir heute teilweise richtig schlecht geht. Wahrscheinlich noch schlechter, als wenn ich selbst getrunken hätte. Denn dann wäre ich ja „krank" gewesen. Ja, Alkoholismus ist seit 1968 eine anerkannte Krankheit – zum Glück. Damit wurde nämlich zugleich die Behandlungsbedürftigkeit anerkannt.

Aber Arroganz ist nicht als Krankheit bescheinigt, und wenn es einem dann wie Schuppen von den Augen fällt, muss man die Erkenntnis alleine aushalten. Schmerzhaft und sicher auch gefährlich, da der Verlust der Selbstachtung droht. Auch der Freude am Weiterleben.

Aber so weit ist es bei mir nicht gekommen, denn da waren meine Freunde und meine Selbsthilfe-Gruppe.

Mein Mut zum Weitermachen entwickelte sich in drei Etappen:

(1) „Nervous break-down" („Burn-out") – psychosomatische Kur

(2) Caritas-Drogenberatungsstelle – Liste der Selbsthilfegruppen in meiner Nähe

(3) AUSZUG!!! Auch wenn man, wie ich, über Wochen ohne Tapeten und ohne Möbel aus Kartons lebt.

SIE denken jetzt sicher wie ich damals:

- Absturz, Hilflosigkeit
- Das schaffe ich nicht
- Diese Blöße kann ich mir nicht geben
- Was denken die anderen?

All diese Gedanken sind: QUATSCH, Feigheit und, wenn Sie Kinder haben, fahrlässiges Verhalten. Dies alles sage ich aus Erfahrung und warne ausdrücklich vor den Folgen.

Meine Erfahrung hat gezeigt, dass es in der Realität dann komplett anders aussieht. Wenn Sie den Mut aufbringen zu sagen, warum Sie jetzt dringend Hilfe brauchen: Mietvertrag – möglichst sofort – und finanzielle Unterstützung von Familie und Freunden. Wenn dies alles nicht möglich ist, wenden Sie sich bitte an die Stadt. Schildern Sie unverblümt Ihre Not, und Sie werden – auch wenn es für Sie jetzt vielleicht nicht vorstellbar ist – zu Ihrer Überraschung feststellen, wer Ihnen auf einmal zur Seite steht. Es macht Spaß, neu anzufangen, wenn auch vorläufig beispielsweise mit Möbeln, die nun gar nicht Ihrem Geschmack entsprechen, und unter dem vorübergehenden Verzicht von grundlegenden Dingen. Wir, meine Kinder und ich, haben z.B. anfangs aus den Konservendosen gegessen, weil noch kein Geschirr vorhanden war. Sicher, angenehm ist das nicht. Wir sprechen hier nicht über ein Kinderspiel und es dauert auch alles seine Zeit, bis Tapeten an den Wänden sind, bis die Wohnung wenigstens einigermaßen eingerichtet ist, bis die Waschmaschine läuft. Aber es ist traumhaft, wieder in Ruhe und vor allem gefahrlos in den eigenen vier Wänden schlafen zu können.

Jetzt, während ich mich wieder „einschreibe", fallen mir sehr viele Situationen ein, die, im Nachhinein gesehen, auch komisch waren. Was wusste ich denn vorher von Farben, Wasseranschlüssen oder Staubsaugerreparaturen? Dies alles wurde in der „Vorzeit" nicht von C.R. geregelt – aber da spielte Geld keine Rolle. Jetzt in dieser Situation allerdings eine große.

Wie gesagt, es ist schön, in Ruhe und Sicherheit einschlafen zu können. Aber wenn ich mich an meine erste Nacht hier in dieser Wohnung erinnere, kommen natürlich auch traurige Gedanken.

Meine Geschichte wird vielen anderen ähneln, und ich sage nicht, dass es mir am schlechtesten ergangen ist. Nur, im strömenden Regen mitten in der Nacht vor einem besoffenen Monster zu fliehen ist schon hart. Ja, damals hatte ich tatsächlich Todesangst. Mein Vorteil war in dieser Situation, dass ich beweglich war und sicher auf meinen Beinen. Ich konnte Wurfgeschossen ausweichen und rechtzeitig aus der Haustür fliehen. Wie ich ins Auto kam, weiß ich nicht mehr, aber ich erinnere mich daran, dass ich ängstlich die Terrassentür im Auge behielt und gebetet habe, dass das Auto endlich anspringt. Die Scheibenwischer packten den starken Regen kaum – aber ich war weg.

Dies war meine erste Nacht in dieser Wohnung. Meine Kinder haben das zum Glück nicht mitbekommen. Das empfinde ich heute als großes Geschenk.

Am nächsten Morgen klingelte das Handy unentwegt. Wie immer rücksichtslos und zu einer unmöglichen Uhrzeit. Heute weiß ich, dass da sein Alk-Pegel gefallen war und er deshalb wach wurde und mich dann nerven wollte.

Angeblich erinnerte er sich an nichts mehr und bat zum x-ten Mal um Entschuldigung. Und damals habe ich es sogar gerne gehört – ja, ich sehnte mich nach seiner Liebe – und wäre zurückgegangen, wenn C.R. sich um den Alkoholentzug tatsächlich gekümmert hätte.

Menschenskind! War ich noch nicht tief genug unten? Heute weiß ich: Das, was ich als Liebe zu ihm gesehen habe, war Co-Abhängigkeit, die Gier nach dem Gefühl: „Ohne mich geht es nicht".

Gott sei Dank wurde mir mein Rücken gestärkt und der „Kopf gewaschen". Meine Selbsthilfegruppe hat dazu den wesentlichen Beitrag geleistet. Darum plädiere ich dafür, eine solche zu besuchen.

Heute kann ich wohl sagen, dass ich nicht jeden in der Gruppe wer weiß wie gut leiden kann, aber die Gesamtheit der Gruppenangehörigen hat die „Arbeit" gemacht. Überhaupt, schon das Gefühl, mit einem derartigen Problem nicht allein zu sein, stärkt entschieden.

Ich bin heute immer noch kein „alter Hase" dort und lerne letztlich ständig mit und aus der Gruppe. Früher habe ich Gruppen belächelt und es kam mir immer wieder der Song „Ich bin der Martin, ne?" in den Kopf. In dem Text wird eine „Männergruppe" auf die Schippe genommen. Leute, die solche Gruppen besuchen, habe ich früher als „Müsli-Esser" abqualifiziert. Als irgendwelche „Weicheier". Schon wieder ein Indiz für meine damalige Arroganz.

Mittlerweile führe ich ein ruhiges und auch glückliches Leben. Aber es gibt Situationen, in denen ich meiner Vergesslichkeit begegne. Jemand, der meine Vergangenheit mit C.R. nicht kennt, kann sich unter der Uhrzeit 6 Uhr morgens nichts

Ungewöhnliches vorstellen, besonders nicht am Wochenende, wenn die Mehrheit noch friedllich schlummert.

6 Uhr morgens am Wochenende – das Saufen ging weiter. Dies bedeutet, dass Herr C.R. bis ca. 9 Uhr morgens „Zeitung las" und dann nach reichlichem Alkoholkonsum bis ca. 11 Uhr im Bett lag. Samstags ließ er sich öfter dazu herab, im Garten zu arbeiten – wo ich ihn nicht selten „total erschöpft" auf der Gartenbank liegen sah, und das bereits um 15 Uhr. So konnte ich mir ausrechnen, dass ich mal wieder komplett einsam mein Wochenende begehen würde. Mit der Zeit wurde ich taktisch klüger und plante meine Freizeit nach seinem „Erschöpfungszustand". Ja, tatsächlich bin ich dann zu Freunden gefahren – nicht ohne ihm einen Zettel zu hinterlassen, damit er wusste, wo ich war. Aber meist hat er es gar nicht gemerkt, und ich hätte noch so viele schöne Stunden verleben können.

Sonntags war der Zustand nicht wesentlich anders – Ausnahme waren die Sommermonate. Da ist er gerne von mir durch die Gegend gefahren worden, ließ sich hier und da und dort und hier noch mal das Bier so richtig schmecken. Abhängig von seiner Laune wurde es ein schöner Sonntagmittag oder eben nicht. Und das „eben nicht" wurde immer häufiger, sodass ich mir immer öfter den Montag herbeigewünscht habe.

Aber ich habe es immer noch nicht einsehen wollen. Ich war noch nicht fertig genug.

Heute sieht mein Leben komplett anders aus, und ich erschrecke, wenn ich mich erinnere.

Mein künftiger Mann kann keine Gedanken lesen. Bröckchenweise liefere ich ihm Erinnerungen aus dieser Zeit. Es ist nicht einfach, denn ich möchte nicht, dass die Vergangenheit so viel Platz in unserem neuen Leben einnimmt. Auf der anderen Seite ist es sinnvoll, ihm das alles mitzuteilen, weil er mich und meine Reaktionen dann besser verstehen kann.

Da er selbst einmal ein „nasser Alkoholiker" war, kann er mich sehr oft wahrscheinlich besser als andere verstehen. Aber das Erzählen fällt mir trotzdem schwer. Sehr sogar! Ich vermute wirklich, dass es daran liegt, dass ich mich so schuldig fühle. Irgendwie schäme ich mich so, zugeben zu müssen, dass ich versagt habe. Dass alle meine Anstrengungen vergebens waren, dass meine Kinder gelitten haben wie verrückt, dass ich fast die Kontrolle auch über mich verloren habe („Burn-out"). DASS DIESER SCHEISS ALKOHOL IMMER NOCH SPUREN HINTERLÄSST.

Ich ärgere mich, dass ich gelegentlich immer noch Albträume habe, schreiend wach werde und meinen Fast-Ehemann aus dem Schlaf reiße.

Der Säufer hingegen weitersäuft.

Solange ich all das noch nicht bewältigt habe, ist klar, dass ich auch zum eigenen Wohl noch lange die Gruppe besuchen werde.

Ich habe kein Gefühl des Mitleids gegenüber C.R. Dies ist definitiv vorbei. Er hat starke Wahrnehmungsstörungen, wie ich aus dem ehemaligen Bekanntenkreis vernehmen kann. Auch dafür kann ich keine Gefühlsregung aufbringen. Ich spüre aber, dass ich Wut gegen mich selbst entwickele – manchmal reicht es schon, wenn ich nur seinen Namen höre.

Die Verbindung mit diesem Mann hat mich unendlich viel gekostet. Vor allem die Fähigkeit, Gefühle zulassen zu können. Keine Angst davor zu haben. Das und vieles andere muss ich erst wieder lernen: langsam wieder mich selbst zu achten, mich selbst zu mögen. Nicht nur das Negative – weder an mir noch an anderen – zu sehen. Das Herz wieder zu öffnen und Vertrauen zu haben. Dies alles ist über Jahre verschüttet worden; mein Selbstwertgefühl war gleich Null. Weil ich dem besoffenen Gelaber mehr vertraut habe als mir.

Bisher habe ich einiges davon zurückerhalten. Das Beste ist jedoch: Ich liebe einen Mann und vertraue ihm! Ich fange wieder an zu leben!!!

Gleichzeitig stellt sich für mich die Frage, was Liebe ist und ob ich je zuvor wirklich geliebt worden bin. Habe ich Flucht vor irgendetwas mit Liebe verwechselt? Jedenfalls mache ich mir jetzt wirklich Gedanken über das Wort, und ich weiß mittlerweile, dass Liebe Geben und Nehmen bedeutet.

Hätte ich das vorher gewusst, wäre es vielleicht nie zu einer Co-Abhängigkeit meinerseits gekommen. Doch das ist jetzt unwichtig. Wichtig ist, dass ich Konsequenzen daraus ziehen kann und ich selbst hoffentlich nie einer Sucht verfalle.

Neulich sprach mich eine Nachbarin an, der ich im Keller begegnete.

„Das muss ich Ihnen aber mal dringend sagen: Sie haben sich sehr zum Vorteil verändert. Nicht mehr so nervös! Sie standen ja teilweise richtig neben sich. Dann Ihr gesamtes äußeres Erscheinungsbild, immer modern gekleidet, flotte Frisur. Das wollte ich Ihnen doch einmal gesagt haben. Als Sie hier eingezogen sind, waren Sie ein Nervenbündel. Zum Glück wusste ich ja, warum. Einmal wollte Ihr Ex ja ins Haus. Um Gottes Willen!"

Normalerweise ist es mir inzwischen vollkommen egal, was andere Leute von mir halten, aber diese Worte gingen mir doch runter wie Öl. Wie kaputt war ich eigentlich gewesen? Selbst registriert man es wohl nicht oder nur am Rande.

Fotos aus der damaligen Zeit sehe ich mir nicht an. Ich weiß, dass ich zeitweise sehr alt aussah; sehr viel älter, als ich war.

Ich habe anfangs deutlich weniger Geld gehabt als vorher. Mit der gewonnenen Ruhe bin ich aber nachmittags oft durch die Geschäfte geschlendert, und das Resultat war dann moderne, farblich aufeinander abgestimmte Kleidung, wenn auch meist aus dem Second-hand-Laden. Aber das weiß ja niemand.

Auf einmal habe ich wieder vieles wahrgenommen, bunte Blumen, Vogelgezwitscher, niedliche Hunde oder Katzen. Hatte wieder Spaß an Ausflügen (mit meinem künftigen Mann – das wusste ich da aber noch nicht). Das Wichtigste ist wohl, dass ich gelernt habe, wieder mit einem anderen Menschen am Tisch zu sitzen und gemeinsam mit ihm zu essen.

Dies war mir ja gründlich vergangen. Daher rührte meine Essstörung – die ich mittlerweile wohl im Griff habe. Die damalige Situation bei Tisch stelle ich mir bewusst nicht mehr vor.

Und noch etwas anderes: Es geht um die Sexualität, die zusehends verloren geht, sobald der Partner in überhöhtem Maße trinkt. Es macht einfach keinen Spaß, mit jemandem Sex zu haben, der stets besoffen ist, kaum seine Hose öffnen kann, den Tag über beleidigend und nichtsnutzig ist. Dann steht er vor Ihnen nach dem Motto: Da war doch noch was?!

Sie werden wissen, was ich meine.

Bei mir war es eindeutig so, dass ich mir selbst Liebesszenen im Fernsehen nicht mehr ansehen konnte und zunehmend keine Körperlichkeit mehr zulassen wollte. Ich habe mich nach einem Partner gesehnt – aber nach einem wirklichen Partner. Nicht nach einem stinkenden Alkoholfass. So ist dann über Jahre meine Sexualität eingefroren, und ich habe nicht damit gerechnet, dass ich sie noch einmal beleben könnte.

Ich habe es zugelassen, dass C.R. mich mit seinen Beleidigungen treffen konnte (obwohl er die Ursache für mein damals nicht gerade vorteilhaftes Aussehen war).

Wie auch immer, ich habe mich geändert. In vielen Bereichen, und wie gesagt kann ich mittlerweile wieder Gefühle zulassen. Ich musste lernen, mir selbst zu vertrauen und mich langsam, schrittweise, wieder zu akzeptieren. So habe ich dann erkannt, dass ich gar nicht so übel bin, wie C.R. mir dauernd eingeredet hat.

Sicher ist mein Körper nicht der perfekteste, aber er ist auch nicht unansehnlich. Ganz und gar nicht. Für mich steht heute fest, dass C.R. mit seinem Beleidigungen lediglich von seiner Sauferei ablenken wollte.

Früher ist mir leider diese Erkenntnis nicht gekommen – achten Sie bitte darauf, dass IHNEN so etwas nicht passiert.

WER ist denn derjenige, der kleine Brötchen backen sollte? Mit Sicherheit nicht derjenige, der ständig den Alltag rettet und organisiert und dann noch lächelnd seinen „Mann" steht.

Ich habe ja bekanntlich vor zu heiraten. Er ist ein „trockener" Alkoholiker und ich habe ihn in der Gruppe kennen gelernt. Was habe ich vorher getönt! Nie mehr einen, der irgendein Problem mit Alkohol hat. Und nun dies. Meine Kinder, meine Freunde, meine Familie sind so begeistert von ihm – es ist unfassbar.

Unfassbarer ist jedoch für mich, dass ich keine Angst davor habe, dass ein Rückfall anstehen könnte. Ich hoffe nicht, dass ich wieder arrogant bin. Aber ich glaube fest daran, dass er im Laufe von mehr als einem Jahrzehnt Trockenheit so viel gelernt und so viel Respekt vor dem Alkohol im negativen Sinne hat, dass für uns – unser Glück – keine Gefahr besteht.

Restlos sicher ist da keiner von uns. Aber die Wahrscheinlichkeit geht meiner Meinung nach deutlich gegen Null.

Vielleicht halten Sie mich jetzt für wahnsinnig. Früher habe ich ja auch so gedacht und fände es daher verständlich.

Rein statistisch gesehen wird sich der Partner eines Abhängigen wieder in einen Abhängigen vergucken. Ist das nicht irre??? Der Unterschied ist allerdings für mich: Es handelt sich um einen „Trockenen", und ich sehe in der Alkoholkrankheit auch eine Chance – wenn man es mit einem vernünftigen, lernfähigen Menschen zu tun hat.

In gewisser Weise kommen wir beide aus verschiedenen Richtungen – aber mit dem gleichen Ziel. Wir möchten beide eine glückliche und vertrauensvolle Partnerschaft. Hier sehe ich keine Schwierigkeiten.

Für mich bedeutet diese Partnerschaft, dass ich persönlich nie wieder Alkohol trinken werde. Auch nicht als Oma, mit der Nachbarin einen Eierlikör oder so.

Ich habe mich für meinen Hermann entschieden, und zwar komplett. Über die Alkoholkrankheit bin ich informiert und werde den Teufel tun, ihm jemals mit Fahne oder dergleichen gegenüberzustehen. Dafür habe ich viel zu viel Achtung vor seiner Leistung. Und dafür bedeutet mir ein Glas Bier oder dergleichen viel zu wenig.

Ich rauche seit mehr als einem Jahr nicht mehr und habe keinerlei Hilfsmittel beim Aufhören benutzt. Und ich bin über Suchtverhalten viel besser informiert als früher. Vielleicht konnte ich deshalb von heute auf morgen von letztlich 30 Zigaretten auf 0 reduzieren.

Eigentlich habe ich noch viel Glück gehabt. Gewalttätige Ausbrüche haben meine Kinder nicht erlebt. Aber die Worte, die gefallen sind, waren schlimm genug. Sicher gibt es in den allermeisten Fällen noch Steigerungsmöglichkeiten; aber so weit muss man es ja nicht kommen lassen.

Wenn Sie nun sich selbst gegenüber ehrlich sind, wissen Sie, dass Sie schon jetzt deutliche Hilferufe senden – wenn auch lautlos. Sobald Sie dieses oder ähnliche Bücher lesen, ist Ihre Situation sonnenklar. Wahrscheinlich suchen Sie immer noch nach dem sprichwörtlichen Strohhalm. Dies habe ich auch getan – über zwei Jahre lang. Bis eben nichts mehr ging. Nur einige Funktionsfähigkeiten waren noch da, das Übliche eben, deutlich reduziert auf Arbeiten und Schlafen. Es war allerdings kein erholsamer Schlaf mehr, sondern letztlich nur noch ein Dämmern.

Ob ich am Ende – also vor meiner Kur – noch irgendetwas gedacht habe, weiß ich nicht mehr. Erst als der Termin und die Reiseverbindungen feststanden, ging es für mich bergauf.

C.R. war so mit sich selbst beschäftigt, dass er tatsächlich allenfalls am Rande realisiert hat, dass ich für Wochen weg sein würde. Ich kann mich aber noch gut erinnern, wie vorsichtig ich ihm das mitgeteilt habe. Ich habe die Situation verharmlost, weil ich zu dieser Zeit enorme Angst vor ihm hatte. Dass er mich doch noch grün und blau schlägt. Auf mein Flehen, BITTE keinen Wein zu trinken, der ihn noch aggressiver machte, reagierte er zunächst mit Versprechungen und später gar nicht mehr. Dies alles hatte einen „Werdegang" von etwa einem Jahr. So stieg meine Angst extrem, und darum war ich so vorsichtig im Umgang mit meinen Worten geworden. Außerdem fehlten ihm deutlich kognitive Bestandteile. Mensch, wie weit war ich eigentlich gekommen?

Damals habe ich wohl noch daran geglaubt, dass er sich ändern wird. Viel wahrscheinlicher ist aber, dass er zunächst sehr froh war, dass ich über lange Zeit nicht zu Hause sein würde. Jetzt konnte er doch in Ruhe saufen.

Wenn ich mir nun meinen künftigen Ehemann ansehe, glaube ich es fast selbst nicht mehr, wie weit unten ich war. Jedenfalls habe ich den Brief – die Aufstellung, die ich vor der Abfahrt in die Kur geschrieben habe – aufgehoben. Darin sind meine Vorsätze zu lesen.

„Wenn ich wieder da bin und C.R. nicht mit dem Saufen aufhört – bin ich weg ..."

Ich habe mich damals getraut, so etwas zu schreiben – ich war ja bald in der Kur, weit weg. Den Briefumschlag habe ich unverschlossen auf die Fensterbank in der Küche gelegt.

Heute weiß ich, dass all meine Mühen so vergebens waren. Auch meine Tränen, meine zittrigen Hände und meine Bauchschmerzen.

Aber dies wollen Sie mir jetzt sicher noch nicht glauben. Bei IHNEN liegt ja der Fall gaaaaanz ANDERS.

Ihr Mann/Ihre Frau ist ja beispielsweise Akademiker, erfolgreich im Beruf und allseits beliebt. Was sich zu Hause oder im Urlaub abspielt, geht ja keinen was an – und es merkt ja niemand. SIE SIND JA DER EINZIGE AUF DER WELT, DER IHN/SIE VERSTEHT, UND TRAGEN GERN DAS FRAGWÜRDIGE PRIVILEG, DIE SCHLECHTEN SEITEN ZUNEHMEND BESSER KENNEN ZU LERNEN.

Mein Applaus fällt aus! Gratulieren kann ich ebenfalls nicht.

Lesen Sie dieses Buch eigentlich heimlich? Rufen Sie auch, wie ich damals, heimlich die Telefonseelsorge an? Gibt es eine Freundin, einen Freund, der Ihnen zuhört? Das alles ist an und für sich sehr hilfreich – doch nur im Augenblick.

Der entscheidende Schritt wird damit nur verzögert. Oder geht Ihr Partner tatsächlich JETZT mit Ihnen zum Arzt und unternimmt etwas gegen die Sucht?

Bitte – Vertröstungen, Versprechungen und Ausreden kenne ich zur Genüge. Wie gerne habe ich auch daran geglaubt, dass er ES macht. Wie gerne habe ich anfänglich offene Ohren für die guten Vorsätze gehabt. Was hätte ich nicht noch alles getan, damit er endlich seine Sucht behandeln lässt.

Erst durch die Gruppe habe ich verstanden, dass ich ihn NIE davon abgebracht hätte. Hier ist nur und ausschließlich der eigene Wille des Abhängigen entscheidend.

Zugegebenerweise hatte ich im Verlaufe der „Karriere" oft daran gedacht, ihn zwangsweise einliefern zu lassen. Ich hätte ihn doch nur liegen lassen müssen – besoffen auf dem Badezimmerboden. Oder ihm nicht aus der bepinkelten Hose zu helfen brauchen – da wäre er mit Sicherheit gestürzt und man hätte ihn mitgenommen. Solche Gedanken hatte ich. Sie waren Spiegel meiner Hilflosigkeit. Damals hatte ich viel zu viel Angst vor ihm – davor, was er tun würde, wenn er nüchtern wäre und wüsste, was passiert war.

Ich hätte ihm ein Sanatorium aus Gold bieten können; es hätte nichts, aber rein gar nichts genützt. Wie gesagt, der eigene Wille ist entscheidend und nicht Vorwürfe oder Anflehen der Familie oder des Partners.

Hermann, mein künftiger Mann, erklärt mir so etwas immer mit viel Geduld. Immerhin weiß er, wovon er spricht. Sagenhaft, wie offen und unverblümt. Es tut mir gut, und im Scherz sage ich: ER tut mir noch „guter". Hört sich albern an, ich weiß. Das Scherzen und vor allem das Lachen habe ich jedoch erst wieder erlernen müssen.

Dieser Prozess dauerte lange, und manchmal bin ich auf diesem Gebiet immer noch unsicher. Dabei war das vor C.R. überhaupt kein Thema für mich gewesen.

Nun bin ich angelangt in meinem neuen Leben. Ja, ich habe einen Neuanfang gewagt. Damit habe ich nicht gerechnet, sondern nur damit, dass ich wohl hier und da Unternehmungen machen werde, neue Leute kennen lerne, mich aber von Gefühlen distanzieren werde. So groß war die Enttäuschung und so schmerzhaft.

Jedenfalls ist es komplett anders gekommen. Würde ich detailliert schildern, WAS alles anders geworden ist, könnte ich allein damit ein ganzes Buch füllen. Wesentlich ist, dass mein Mann – so bezeichne ich ihn, obwohl der Trauschein noch nicht gedruckt ist – meinem Leben wieder Sinn gibt. Wir können uns tatsächlich unterhalten – ungewohnt für mich. Wir unternehmen viel, und die gleichen Interessen geben unserer Beziehung und allem, was wir zusammen tun, die Würze.

Ich habe gelernt, wieder Vertrauen aufzubauen, obwohl es nicht einfach war und teilweise immer noch nicht ist. Meine Angst vor Zurückweisung ist noch vorhanden. Aber mein Hermann zeigt mir meine Wertigkeit, die ich selbst vergessen hatte.

Früher war ich ständig gehetzt, musste doch alles irgendwie in den Tagesablauf passen. Zeit zum Relaxen gab es nicht. Während der Woche hatte ich wirklich viel mit Haushalt und Garten zu tun. Immer musste alles perfekt sein und am Abend oder auch am Wochenende nervtötende Gespräche, Erklärungen und dann noch reichliche Alkoholexzesse.

Selbst nachdem ich ausgezogen war, kam ich noch nicht zur Ruhe, bemerkte es selber aber gar nicht. Heute ecke ich mit meiner Unruhe gelegentlich noch an.

Mein künftiger Mann hat einmal für mich sehr unverständlich reagiert. Jetzt weiß ich, dass er Angst um mich hatte. Ich muss Zeit für mich einplanen – und das ist schwer; aber es ist erlernbar. In all den Jahren hatte ich nie wirklich Zeit. Vielleicht hätte ich dann eher gemerkt, was eigentlich los ist. Was um mich herum passiert. Ist das bei Ihnen auch so? Bitte denken Sie einmal darüber nach.

Machen Sie sich nicht so klein, wie ich es war. Das dringend nötige AUFRICHTEN hinterher ist sehr anstrengend. Diese Anstrengung können Sie sich ersparen. Die Kraft lieber einsetzen beim Sport – wie ich es mittlerweile schon fast wie selbstverständlich mache.

Früher stand ich nur unter Zeitdruck, doch mittlerweile funktioniere ich nicht mehr nur – sondern ICH LEBE.

Jetzt, wo ich mich ausführlich über das Thema Alkohol und Drogen generell informiere, werde ich des Öfteren genau auf dieses Problem angesprochen. Komisch, wer letztlich alles Verwandte oder Freunde hat, die zu viel trinken. Selbst aus der Nachbarschaft kommen Rückmeldungen. Viele Leute, selbst neulich beim Zahnarzt, sprechen mich an.

Obwohl ich jetzt in einer anderen Stadt wohne, habe ich meine Ärzte nicht gewechselt. Jedenfalls ist es selbst bis zur Zahnarztpraxis gedrungen, dass ich mich getrennt habe. Es kommen Gratulationen, weil ich es geschafft habe. Die Frage, wie ich C.R. überhaupt so lange ausgehalten habe, und auch der Hinweis, wie unangenehm eine Alkoholfahne besonders beim Zahnarzt ist.

C.R. kam sich so unwiderstehlich vor. Er ist der Nabel der Welt. Wie lächerlich er sich gemacht hat und offensichtlich immer noch macht, ist ihm nicht bewusst.

Ich weiß nicht, ob C.R. schon immer einen niedrigen IQ hatte. Mir ist das jedenfalls am Anfang nicht aufgefallen. Ich kannte aber auch vorher niemanden, der vergleichbar gewesen wäre. Ich erinnere mich daran, dass C.R. am Anfang alle meine Anstrengungen (Ämter, Korrespondenz usw.) sehr hoch gelobt hat. Das ging mir runter wie Öl.

Mit Sicherheit behaupte ich nicht, ich sei perfekt. Das kann ich wohl auch nicht. Ich sehe meine Fehler so glasklar vor mir. Das kann ich aber auch nur, weil ich keinerlei Betäubungsmittel (Drogen, Pillen, Alkohol) benutze.

Wie in jeder Stadt gibt es auch in meiner einen Platz, wo sich Säufer treffen. Sie betäuben sich, und ich hoffe jedes Mal, dass ihre Angehörigen nicht so leiden, wie ich es damals getan habe.

Insgesamt beschäftigt mich das Thema C.R. seit 1996 – das sind nun elf Jahre. Jahre, die auch für mich nicht mehr wiederkommen. Jahre, die eine harte Lehre waren.

Aus meiner Sicht und trotz meiner Erfahrung und obwohl ich jetzt mit einem ehemaligen Trinker zusammenlebe, verteufele ich den Alkohol nicht grundsätzlich. Sicher gibt es für „unempfindliche" Gemüter hier und da schöne Gelegenheiten, ein Glas zu trinken. Die Gefahr liegt in der Regelmäßigkeit und in der beständig höher werdenden Dosis. Im Laufe der Zeit verringert sich diese wieder, weil die Leber einfach überfordert ist. Aber ich maße mir nicht an, mich medizinisch zu äußern. Hier sind die Ärzte gefragt.

Aus Erfahrung weiß ich, dass es folgende Anzeichen für eine Alkoholsucht gibt:

1. Tägliches Trinken – „ganz normal" nach der Arbeit
2. Aus drei Flaschen Bier werden leicht fünf und sechs
3. Nach einer x-Zeit Überlegung, ob es auch ohne geht … ab morgen vielleicht?!

Jemand, der nicht gefährdet ist, stellt solche Überlegungen gar nicht erst an – weil eben nicht gefährdet. Er oder sie trinkt einfach nicht – genau, wie ich mir keine Gedanken darüber machen muss.

Heute ist der 9. Februar 2007, und ich gehe gleich zum Sport. Das ist mein Ausgleich, und mein Ziel ist es, möglichst lange fit zu bleiben. Und wie gesagt steht meine Hochzeit bevor und ich möchte – trotz oder gerade wegen meiner dann 47 Jahre – eine hübsche Braut sein.

Schlusswort

Mein Buch wird in Kürze erscheinen. Ich habe seinerzeit nicht geahnt, wie brandaktuell das Thema „Co-Abhängigkeit und ihre Folgen" ist.

Wie viele Betroffene es tatsächlich gibt!

Ich habe nie angenommen, dass es mich am härtesten getroffen habe. Mittlerweile habe ich so viele Schicksale gehört, dass sich meine eigenen Erfahrungen vergleichsweise harmlos darstellen. Letztlich sind die schmerzhaften Realitäten jedoch gleich.

Und für MICH war es damals meine private Hölle. Diese erfährt jeder, der mit einem Süchtigen zusammen lebt. Egal in welcher Form.

Am härtesten ist mich für mich folgende unabänderliche Wahrheit: Der Co-Abhängige ist ebenfalls süchtig – süchtig nach Anerkennung: „Ohne mich geht gar nichts."

Was wäre noch passiert ohne mein „Burn-Out"???

Ich stehe nicht vor einem Haufen Schulden („versoffenes Haus" beispielsweise), aber ich stehe nun immer noch vor angeknacksten Seelen – wobei ich meine Kinder hier am allermeisten meine. Unser Vorteil ist: Die Kinder haben trotzdem noch Glück gehabt, weil sie die allermeisten harten Vorfälle nicht mitbekommen haben. Beide waren am Wochenende fast nie zu Hause. (Ihre häufige Abwesenheit bezeichne ich heute als Flucht aus der häuslichen Realität.)

Erst jetzt, nach so langer Zeit, erinnere ich mich daran, wie oft ich meine Kinder angerufen habe (es lebe das Handy). Und erst jetzt frage ich mich: Wo war mein Verstand??? Aber wie gesagt, der Co-Abhängige ist selbst süchtig – süchtig, weil leider dieses Helfersyndrom vorliegt.

Die Seele zerbricht, und ich weiß inzwischen, dass sie im Großen und Ganzen reparabel ist, jedoch kleine Risse NIE gänzlich heilen. Das hört sich nicht motivierend an – aber es ist durchaus erlernbar, mit diesen kleinen Rissen zu leben. Ich möchte es vergleichen mit einer sehr wertvollen Porzellanvase, die zersprungen und dann, nach fachmännischem Kitten, ihrer Aufgabe wieder gewachsen ist.

Und genau wie diese Porzellanvase werden auch Sie eines Tages wieder einen blühenden Inhalt haben.

Herzlich,
Viktoria Tapp

Hier finden Sie Rat und Hilfe!

Beratungsstellen
Überregionale Telefonberatung wird angeboten durch die

Notruf-Telefone

München	☎ 089 28 28 22
Köln	☎ 0221 31 55 55
Düsseldorf	☎ 0211 32 55 55
Essen	☎ 0201 40 38 40

Hier erfahren Sie die **Anschriften der Beratungsstellen** in Ihrer Nähe:

☎ 0221 89 20 31

Sprechzeiten: Mo – Do   10.00 – 22.00 h
Fr., Sa., So. 10.00 – 18.00 h

Ferner stehen die **Malteser** zur Verfügung:
☎ 0221 82 22 22

Die einzelnen Landesstellen

Bremische Landesstelle gegen die Suchtgefahren e.V.
c/o Caritasverband
Kolpingstr. 3
28195 Bremen
☎ 0421 33573 0

Diakonisches Werk der Ev. Kirche
Postfach 30 02 04
40402 Düsseldorf
☎ 0211 6398-294

Hamburgische Landesstelle gegen die Suchtgefahren e.V.
Brennerstr. 90
20099 Hamburg
☎ 040 280 38 11

Sächsische Landesstelle gegen die Suchtgefahren
Schönbrunnstr. 5
01097 Dresden
☎ 0351 80455 06

Thüringer Landesstelle gegen die Suchtgefahren e.V.
Dubliner Str. 12
99091 Erfurt
☎ 0361 746 45 85

Niedersächsische Landesstelle gegen die Suchtgefahren e.V.
Leisewitzstr. 26
30175 Hannover
☎ 0511 85 20 58

Hessische Landesstelle gegen die Suchtgefahren e.V.
Auf der Körnerwiese 5
60322 Frankfurt
☎ 069 596 96 21

Landesstelle gegen die Suchtgefahren
für Schleswig-Holstein e.V.
Schauenburger Str. 36
24105 Kiel
☎ 0431 56 47 70

Landesstelle gegen die Suchtgefahren im
Land Sachsen-Anhalt
Walter-Rathenau-Str. 38
49106 Magdeburg
☎ 0391 543 38 18

Koordinierungsstelle der Bayrischen Suchthilfe
Lessingstr. 3
80336 München
☎ 089 53 65 15

Brandenburgische Landesstelle
Gegen die Suchtgefahren e.V.
Carl-von-Ossietzky-Str. 29
14471 Potsdam
☎ 0331 96 37 50

Badischer Landesverband gegen die Suchtgefahren e.V.
Postfach 11 63
77867 Renchen
☎ 07843 949 141

Saarländische Landesstelle gegen die Suchtgefahren e.V.
Rembrandtstr. 17 – 19
66540 Neunkirchen
☎ 068 21 95 60

Landesstelle gegen die Suchtgefahren
Mecklenburg-Vorpommern e.V.
Voßstr. 15 a
19053 Schwerin
☎ 0385 71 29 53

Landesstelle gegen die
Suchtgefahren in Baden-Würtemberg der Liga der
Freien Wohlfahrtsverbände
Augustenstr. 63
70178 Stuttgart
☎ 0711 6196731

Landesstelle Suchtkrankenhilfe Rheinland-Pfalz
c/o Diözesan-Caritasverband Trier e.V.
Postfach 12 50
54 202 Trier
☎ 0651 949 32 44

Folgende Selbsthilfegruppen bieten ebenfalls Hilfe an:

Anonyme Alkoholiker (AA)
Interessengemeinschaft e.V.
Postfach 46 02 27
80910 München
☎ 089 316 95 00

Freundeskreis für Suchtkranke in Deutschland
Kurt-Schumacher-Str. 2
34117 Kassel
☎ 0561 78 04 13

Blaues Kreuz in der Evangelischen Kirche
Bundesverband
An der Marien-Kirche 19
24768 Rendsburg
☎ 04331 590-381

Blaues Kreuz in Deutschland e.V.
Freiligrathstr. 27
42289 Wuppertal
☎ 0202 62 00 30

Deutscher Guttempler-Orden e.V.
Adenauerallee 45
20097 Hamburg
☎ 040 24 58 80

Kreuzbund e.V. – Selbsthilfe- und Helfergemeinschaft für
Suchtkranke und deren Angehörige
Postfach 18 67
59008 Hamm
☎ 02381 672 72 0

Hier ist Platz für Ihre eigenen Notizen.

....

Hier ist Platz für Ihre eigenen Notizen.

....

Hier ist Platz für Ihre eigenen Notizen.

....

Hier ist Platz für Ihre eigenen Notizen.

....

Hier ist Platz für Ihre eigenen Notizen.

....

Hier ist Platz für Ihre eigenen Notizen.

....

Hier ist Platz für Ihre eigenen Notizen.

Hier ist Platz für Ihre eigenen Notizen.

....